春が近づくある日，鳥井真一のもとを二人の老人が訪ねてきた。僕，坂木司のお得意先であり年上の友人でもある木村栄三郎さんと，高田安次朗さんだ。高田さんがボランティアとして働く動物園で，野良猫の虐待事件が頻繁に発生しているという。野良猫の姿を見て心を痛めている，同じボランティアの女性のために，二人は鳥井のもとを訪れたのだった。さっそく動物園に向かった僕たちが摑んだ真実，そして鳥井のひきこもりの原因となった少年時代の出来事とのつながりとは——。果たして鳥井は外の世界に飛び立つことができるのか。シリーズ完結編。

動物園の鳥

坂木　司

創元推理文庫

L'OISEAU DANS LE ZOO

by

Tsukasa Sakaki

2004

目次

動物園の鳥

大人になったら、強くなるんだと思ってた。
大人になったら、もう今みたいに泣かないんだと思ってた。
寂しくて、誰かにかまって欲しくて、
一人部屋の中で涙を流すことがあるなんて、もう絶対にないんだと、
そう、思ってた。

第一章　街に住むもの

　部屋は、その人の性格を表すと聞いたことがある。そんなことをふと思い出して、僕は今自分のいる部屋をぐるりと見渡してみた。タンスがわりの押入れ、フローリングの床に置かれた安っぽいパイプベッド。申し訳程度の大きさしかないデスクの上には、ノートタイプのパソコン。その隣に置かれた、本棚という名のなんでも入れ。ワンルームのアパートには、必要最低限の生活道具しか揃っていない。会社に行って、帰ってから寝るだけの部屋。それが僕の部屋だ。だとすると、僕はとてもつまらない人間なのかもしれない。

　なぜなら、僕の部屋は僕のためだけにある。それは当たり前だろうと思うかもしれないが、そうじゃない。僕の部屋は、訪れてくれるかもしれない「誰か」を待ってはいないからだ。たとえばそれは、買い置きのお茶やお菓子。すぐ腐るわけでもないんだから、紅茶のティーバッグとインスタントコーヒーの他に、ポテトチップスや煎餅くらいあっても良さそうなものだ。冷蔵庫の中にも、これといったものはなに一つない。バターや醤油が並ぶ他は、自分がラッパ飲みしているペットボトルが寂しく冷えているだけ。朝はコーヒーとパン、昼は会社、夜もまた外で食べてくる生活なのだから、仕方がないと言えばそうなのかもしれないが。

　とはいえ、僕は孤独ではない。実家に住む母や妹は、都心への買い物がてら面白半分に僕の部屋へ寄っていくし、友人がビールのパックを下げて遊びに来ることもある。その上家族はお土産と称して各々の食べたい物を持ってくるし、友人とはつまみを近所のコンビニに買いに行ってしまえばすむので、あまり改善の必要性を感じないのかもしれない。

ただ、ふとした瞬間に寂しさを感じることはある。「誰か」を待つという心の余裕がないことに、焦りのような感覚を覚えるのだ。

＊

キッチンから、えも言われぬ出汁《だし》の香りが漂ってくる。どうやら今日の昼食は和食らしい。

僕は今、殺風景な自分の部屋とはくらべものにならないほど充実した友人の部屋にいる。

「おい坂木《さかき》、もうすぐじじぃが来る時間だから、湯呑みを出しとけよ」

そう言いながらキッチンから出てきた男は、鳥井《とりい》真一《しんいち》。ひきこもり気味のコンピュータ・プログラマーで僕の友人だ。それに加えて、最近では探偵のようなこともちらほらやっている。というのも、僕が外出嫌いの彼をなんとかして外へ引っ張り出そうとしているうちに、いくつかの事件に僕らは巻き込まれ、それを鳥井が持ち前の頭脳で解決した結果、他人の相談事がよく持ち込まれるようになったからだ。

しかし頭が良いとはいうものの、もともとが人間不信の上、対人関係で傷ついたことのある過去を持つ鳥井は、ちょっとしたことでもすぐに心を揺らしてしまう。何かの拍子に精神が不安定になったりすると、彼の言動は小学生レベルまで下がり、周囲の人間を驚かせたりもする。

大人の頭脳と、子供の心を持つ鳥井。その激しすぎる感情の起伏は、僕のような凡庸な人間から見れば、いっそ羨ましくも思えるほどだ。

「鳥井、ところでどのお茶を用意しておけばいいんだい？」

僕の問いに、鳥井はふと首をかしげる。その拍子に、いいかげんに伸ばされた前髪がさらりと流れた。外に出ない鳥井は、自動的に床屋とも縁がなく、従って素人のカットで失敗しがちな前髪だけはいつも長いのだ。彼いわく「保身と妥協による情けない産物」なのだそうだが。

「じじぃ二人だし、外は寒いし、……柚子茶だな。そこの戸棚の中に、ママレードみたいな瓶があるから、それを出しとけ」

言われるがままに棚を探ると、確かにママレードにしか見えない瓶がある。これがお茶だというのだろうか。蓋には、ハングル文字が書いてある。鳥井はそれをぱかりと開けて、中身をスプーンですくい、いきなり湯呑みに入れた。

「……ロシアンティー？」

「馬鹿。それなら湯呑みに入れるかよ。これは韓国の伝統茶の一種で、湯で溶かして飲む物だ。ま、いうなればホットレモネードの柚子版だな」

部屋にばかりいるくせに、鳥井はやけに食べ物にうるさい。というのも、彼はほとんどの買い物をネット通販に頼っているからだ。おかげでこの家には、『全国味巡り』系の名物食品が溢れている。選りすぐった材料で作る彼の料理はまずいはずがなく、僕も日々その恩恵にあずかっている。つまり、僕の外食というのはほとんどが鳥井の手による食事なわけだ。お互い一人暮らしだし、僕にしてみればバランスも味もよい食事を出してもらって、文句などあろうはずがない。

とはいえ、生鮮食品だけは僕が無理やり連れ出す散歩で購入している。放っておけば、鳥井はそれすらも宅配とカード決済ですませようとするだろう。確かに昨今は通販で市場との直接取引も可能だから、味に問題はない。ただ、そういうエクスキューズでもつけないと、外へ出る気にならないだろうと思ったのだ。鳥井にもそれはなんとなくわかっているらしく、スーパーでは普段使いの物、通販では贅沢品と使いわけている。しかし、先日も築地直送、と書かれた段ボール箱の中でもそもそと動く蟹を目にした僕は、頭を抱えてしまった。鳥井はたまに、こんな無茶をする。

鳥井の健康と心のリハビリを兼ねた散歩は、毎週月曜日と決まっている。なぜなら、平日の午前中ならスーパーにも人が少なく、比較的楽に買い物ができるからだ。ちなみに、僕の休日は日曜日と月曜日。そんな休みを申請できるのも、僕の勤める会社が外資系のおかげだ。

自己紹介が遅れたけど、僕の名前は坂木司《つかさ》。保険会社に勤めている。これといった特徴のない、友人の言葉を借りれば「人の良さそうな」顔をしているらしい。背は平均よりも少し高いくらいで、僕と背の低い鳥井が並ぶと、ちょうど彼のつむじを見下ろす形になる。

ちなみに鳥井との出会いは十四歳、中学生の頃だ。教師や友人に一切の妥協も迎合もしない彼は、初めからとても目立つ存在だった。僕は昔から平凡で、妥協と迎合にまみれた性格だったため、鳥井のように己を貫く人種に憧れていた。言うなれば、歴史上の人物や有名な芸術家に見られる変わり者。僕はそんな人間が大好きだったのだ。自分がそういうタイプになることはできない、そう自覚した時点で、僕は友人にその資質を求めた。

クラスを見渡せば、自分は変わり者だと公言したり、自分は偉いのだと無意味に威張り散らす級友はいた。けれど、そういうのは何かが違う。誰かと比べてしか自分を見ることができないなら、それは僕だって同じなのだ。そんな中で、鳥井だけは違った。誰かと自分を比べることなく、ただ一人で立っていた。それは丈の同じ草が生い茂る空き地に生えた、一本の細い木のようだった。そしてそのまっすぐな姿勢は、どんな強風にも折れることはなく、彼自身を支えていた。僕は鳥井を知ってからというもの、彼と友達になりたいとずっと思っていたのだ。

いてもいなくても変わらないような生徒の僕と、孤高を貫く鳥井に接点はなかった。しかし、時が経つにつれその特異さで疎《うと》まれはじめた鳥井になら、僕は近づくことができた。彼へのバッシングがひどくなり、それが完全ないじめへと発展した頃、彼にとっては最悪のタイミングで、僕は友人になりたいと申し出た。折れる寸前までたわんでいたはずの彼の心は、きっと反射的に支えの棒を求めていたのだろう。弱った彼につけ込むようにして得た友人の座は、今に至るまで僕だけにしか許されていない。

＊

僕の家は、ごくありふれた家族構成だ。両親に僕、それに妹。祖父は早く他界してしまったので、祖母が長く同居している。幸いなことに家族仲は良く、親戚づきあいも普通にこなしている。だから大勢でごちそうを囲むという場面には慣れているし、飽きてもいる。

しかし鳥井家は元々が核家族だった上、母親は彼が生まれてすぐに家を出てしまい、残された父親はやむなく彼を実家に預けた。さらに父親の海外赴任が重なり、鳥井はお祖母さんとの二人暮らしを余儀なくされた。二人きりでもそれなりに正月などのイベントを祝ったとは思うけれど、年輩の女性と育ち盛りの彼とでは、食べる量も好みも違う。ましてや鳥井が小さい頃のお祖母さんは、息子と孫を捨てた嫁への怒りに満ちていた。吐息のようにもれる悪口を聞きながらの食卓は、どんなにか味気なかったことだろう。

お祖母さんと二人の生活は、彼自身も知らぬうちに一つの憧れを形作っていった。それは、大勢で囲む食卓という夢だ。例えばそれは切り分けていない、丸ごとのすいか。あるいはホールのケーキだったり、大きなのし餅だったりもする。そんな、みんなで集まってわっと食べてしまうのが似合う食物を鳥井はあてもなく買ってしまう癖がある。

また、寂しさで空いた部分を埋めるように、鳥井は地方銘菓を買い続ける。祖母と二人きりでは、旅に出てつまらない土産を買ってくる人物がいない。彼の父は海外にいたため、たまの帰国の際には山のようにお土産を抱えて帰っては来たが、それは高価で趣味のいい品ばかりで、鳥井の求める何かとは根本的に違っていた。

多分彼は、僕の家でくり返されたような、こんな情景を求めているのだろう。

ばたばたと荷物を抱えて帰ってくる誰か。テーブルの上にどすんと置かれる観光地の名前が入った包み紙。あちこちから不満の声が上がる。

「まーた温泉饅頭かよ」

「いいじゃない、買ってくるだけ」

「賞味期限短いから、早く食べないと」

「お茶いれるから、一人一個はノルマで食べてよ」

あっという間に空になる箱。特に食べたいわけでもない菓子を頬ばりながら、他愛もないおしゃべりをして、三々五々散って行く。

そんな、休日の午後を。


鳥井はそれを自覚してなのか、最近では地方銘菓を取り寄せることを趣味だと言い切っている。消費するあてのない食材を無言で購入していた頃と比べると、やはりこれは鳥井なりの進歩なのかなと僕は思う。

*

マンションのドアが開くと同時に、寒風が吹き込んでくる。暦の上で春が近づいたとはいえ、いまだ温度は二月のままだ。

「おお、寒い寒い。お邪魔させてもらうよ」

「こんちは、坂木さん。しんちゃんの調子はどうだい」

「上々です。今も、お二人のためにおいしいお昼を用意してるところですよ」

「ああ、そりゃいい。なにしろおれは、噂の『しんちゃんの料理』も楽しみにして来たんだから」

　僕の前ではコートとマフラーで着ぶくれたお年寄りが二人、にこにこと笑っている。一人は木《き》村《むら》栄《えい》三郎《ざぶろう》さん。僕の保険会社のお客さんであり、今となってはもう年上の友人と呼んでも差し支えはないだろう。ごま塩頭でいかにも職人然とした見かけはちょっと怖そうだけど、話してみればとても気のいいおじいさんだ。そしてその隣にいるのが、栄三郎さんの友達の高田《たかだ》安《やす》次《じ》朗《ろう》さん。栄三郎さんよりふっくらとして、いかにも好々爺《こうこうや》といった印象の人だ。つるりと禿げ上がった頭も、なんだか福々しい。栄三郎さんいわく「永遠の女好き」だそうだけど、僕には栄三郎さんも大差ないように思える。

「やあやあ、初めまして。高田安次朗ってもんです。今日はエイちゃんに無理言って連れてきてもらいまして。お忙しいところ、どうもすみませんなぁ。ヤスちゃんか安次朗か、お好きに呼んで下さい」

　高田さんがにこやかに手をのばす。けれど鳥井はその手をあっさりと無視した。

「鳥井真一。特に忙しくはないから、別にかまわない。握手の習慣はないから、悪く思うな」

　初対面のお年寄りに対する鳥井の仕打ちに、僕の方が慌ててしまった。高田さんの宙に浮いた手をはっしとつかみ、両手で上下に揺さぶる。

「あ、あの、僕が坂木、坂木司です。こちらこそよろしくお願いします！」

　高田さんはそんな僕をぽかんと見つめた後、いきなり笑い出した。

「いやあ、本当にエイちゃんの話どおりですなぁ！　鳥井さんと坂木さんはいいコンビだ」

「……はい？」

「大丈夫。わしは昔鳥井さんみたいな言葉づかいばっかりしてたからね。ちっとも驚かないよ。だから坂木さんも、そんなに気をつかわなくっていいんだ」

「そうそう。ヤスちゃんはいまでこそいいおじいちゃんぶってるけどな、若い頃はそりゃあ口が悪かった」

「エイちゃんに言われるのは心外だね。そう変わらなかっただろう？　エイちゃんとわしは」

「そうかねぇ。おれはヤスちゃんよりかはずうっと上品じゃなかったかねぇ。ほれ、口喧嘩ではたいていヤスちゃんが勝ってたし」

「そのかわりエイちゃんは、口喧嘩でぐうの音も出なくなった後に、いきなり手が出たじゃろ。だから最後に勝ちをさらっていくのは、いつもエイちゃんだったぞ」

　放っておくとどこまでも話が転がっていってしまいそうなので、僕は鳥井の入れてくれた柚子茶を配りながら、さりげなく話題を変えた。

「あのこれ、柚子のジャムみたいなもので出来たお茶です。韓国の伝統茶だそうですよ」

「ほう。良い香りだね。これはまたしんちゃんが見つけてきたのかい」

「まあな。熱いうちに飲めよ。年寄りに風邪でもひかれちゃ困る」

鳥井の受け売りで説明をしながら、僕もそれに口をつけた。すると、口の中いっぱいにさわやかな柚子の香りと、甘酸っぱい味が広がる。これは身体が暖まりそうだ。

「おいしいねえ。ホットレモネードみたいじゃ」

おや、と僕は思った。安次朗さんはなかなかハイカラな人らしい。鳥井もそう感じたのか、ちらりと安次朗さんを横目で見ている。

とりあえずみんなが席に着いたところで、僕は今回の来訪の目的をたずねることにした。先週、栄三郎さんから電話があって「しんちゃんに解決してもらいたい事件があるから、友達を連れて行ってもいいだろうか」と聞かされただけなので、話を全く飲み込めていないのだ。栄三郎さんは鳥井をよく知っているから、無茶な話を持ち込むことはない。だから、二つ返事で受けてしまったのだけれど。

「あの、さっそくですけど安次朗さんのお話をうかがってもいいでしょうか」

柚子茶をすすりながら、安次朗さんが口火を切った。

「実はわし、動物園で働いていましてね」

「えっ？」

「とうに定年じゃねえのかよ」

僕が口ごもった疑問を、鳥井はさらりと口にする。

「いやいや。わしはもともと飼育係をしていたというわけじゃありません。ボランティアですよ、ボランティア」

「ボランティア？　動物園で？」

「はい。飼育など、動物そのものに関わることはあまりできませんが、案内をしたり、お客さんを集めてガイドツアーをしたりと、結構色々な仕事をやらせてもらえるんですよ」

「ヤスちゃんは悠々自適の隠居生活だからな。気が向くままに、色んな仕事に首を突っ込んでるのさ」

ま、気まぐれといっちゃそれまでだがね、と栄三郎さんが笑った。しかし、美術館のボランティアなら聞いたことがあるけれど、動物園でもそういう制度があったとは知らなかった。

「もともとはTZV、東京動物園ボランティアーズというのがありましてね、その中にSG、サービスガイドというグループがあるんですわ。でもこれはもともとサービスのSではなく、シルバーのSをさしとります。つまり、高齢者の仲間づくりと社会参加を目的に、生きがい対策としてつくられたものだったんです。でも近年、門戸をもっと開こうということになって、名前を変え、募集条件も変えて今に至っとります」

「……募集条件は？」

珍しく、鳥井から質問が出る。

「以前は六十歳以上、今は十八歳以上ですわ」

「そりゃまた、ずいぶんと若返ったもんだな」

感心したように、栄三郎さんが首をふった。確かに、十八歳と六十歳が一緒に働く風景というのも珍しい。

「ということは、安次朗の相談事は人間関係だな。それも若い女をめぐっての。先にいっとくが、俺は恋愛相談の占い師じゃないからな」

「ええっ？」

いきなりの鳥井の言葉に、僕ら三人は揃って声を上げた。だって、安次朗さんはまだ本題にすら入っていない。なのになんで、鳥井はそれを言い当てられるのだろう。

「どうして、わかったんだい？」

目をくるくるさせて、安次朗さんが鳥井を覗き込む。鳥井は鬱陶しそうに顔をそむけると、ぼそりとつぶやいた。

「俺の所に持ってくるような話だから、刑事的な要素は薄い。動物に関わる問題にも、タッチしていなさそうだ。しかも栄三郎いわく、安次朗は女好きだそうだから、人間関係の可能性が高い。だが、同世代との話なら、わざわざ俺の所に持ち込むほどのものでもないだろう。それに俺が見たところ、安次朗は社交上手だ。たいていのいざこざは、自分でなんとかできるだろう。そういう人物が俺のような人間を頼る理由。

つまり、相手は自分よりずっと下の世代の人間だ。それも女。つまり、理解しにくい条件が二つ重なってる相手ということになる」

「ああ、なるほど」

栄三郎さんがぽんと手を打つ。

「だからヤスちゃんは、おれがしんちゃんの話をしたとき、坂木さんは一緒か？　って聞いたんだな」

「失礼な話だな。どうせ当てにならないのは目に見えてるけど」

二人がうなずきあっている理由が、僕にだけ飲み込めない。どういうことなのだろうか。

「あの、それってどういう意味ですか」

すると、安次朗さんが気まずそうに鳥井と僕を見くらべた。

「うーん、そこまでわかられちゃうんじゃ、しょうがない。言わないのもいっそ失礼ってもんだ。でも、自分から言うのは気まずいねぇ」

その目は、ちらちらと栄三郎さんに助けを求めている。しようがなく口を開こうとした栄三郎さんを、鳥井の言葉がさえぎった。

「こいつはな、恋愛が絡んだ話には俺一人じゃ役不足だと踏んだのさ。つまり、謎の部分は俺で解決するかもしれない。けど、その後には年下の女の気持ちが残るかもしれない。人づきあいを嫌う俺には、その部分の助言は期待できない。だったら同じ若い男で、人間関係を無難にこなしていそうな人物がいた方がいい。そう思ったのさ。それが坂木、お前だ」

「ええ？」

「安次朗は、俺とお前をペアで使おうと考えた。謎の部分と心の部分。なかなか頭が働くじじぃだよな。そこまで先読みできるんなら、他人なんかいらねぇんじゃねぇのか？」

鳥井が、安次朗さんをじろりと睨む。けれど、安次朗さんはその視線にひるむことなく、笑ってみせた。

「やっぱり頭がいいねぇ。こうでなくちゃ、頼めないよ。でも、わしは別にお前さんがたを馬鹿にしとるわけじゃない。自分じゃあ手に負えない問題を解決するのに、最善を尽くしたい。そう思ってるだけじゃ。気に入らないかね？」

おや、と僕は思った。安次朗さんの理路整然とした語り口は、好々爺然とした印象から微妙にずれてきている。そういえば、初めて栄三郎さんが鳥井に会ったとき、「幼なじみのヤスちゃんと話し方が似ている」と言っていたっけ。だとすると、ふわふわとした見かけと違って、安次朗さんは意外と頭脳派なのかもしれない。

「気に入らなくても、お前は坂木が連れてきた奴だ。話は聞く」

むっとしながら、鳥井はそう言った。多分、僕という存在を安次朗さんが評価していてくれたおかげだろう。


「まぁね、おおまかな話の内容はばれてるけど、説明させてもらおうか」

鳥井の尖った雰囲気がやわらいだ頃を見計らって、安次朗さんは話しはじめた。

「さっき話したように、わしは動物園にボランティアとして通っとります。お客さんと会話もできる、楽しい職場です。だけど、同僚は年寄りだらけ。正直、わしには食い足らん部分がありました」

「……てめぇも年寄りのくせに」

「ヤスちゃんは気が若いからな。年寄り話が大の苦手なんだよ」

「そうそう。病院がどうとか、薬がどうとか、陰気な話題は嫌なんじゃ。せっかく動物園に来とるんだから、ひよこが生まれたとか、アイアイが来たとか、そういう話をしたらいいじゃないかね。なのに、明るい話題といえば孫や子供がどうしたとか、いい健康法を見つけたとか、そんなんばっかりじゃ。わしは、そういうのがうんざりでな」

話しているうちに、安次朗さんのキャラクターはどんどくつがえされる。それが妙に心地いいのは、型にはまった「お年寄り」の仮面を見なくていいからかもしれない。

「でも去年制度が変わって、若い人もボランティアとして採用されることになった。年寄り連中は上手くやれるのか怖がって、若者を嫌がる奴もいたが、わしは嬉しかったから積極的に話しかけたよ」

ここまでくると、僕にもその先は想像がついた。

「その中に好みの女の子がいたんですね」

「わかっとるねぇ！　わしは、一目で彼女のことが好きになったよ。色が白くて、笑顔が可愛くて、今どきのギャルとかいうのとは大違い！」

動物園のボランティアに応募してくる奴に、ギャルっぽい女はそもそもいないだろうよ、と鳥井が隣でぼそりとつぶやく。

「彼女はわしのような年寄りにも優しくって、いつも話しかけてきてくれる。動物にもよく話しかけてるよ。心根が、本当にいい子なんじゃ。彼女もボランティアだけしとるわけじゃないから、週に二回しか会えんのじゃがね」

「動物に話しかけてる……？」

「そう。そばに行って聞き耳を立てるわけにもいかないから、何を話してるのかはわからないけどね。一回だけ偶然聞こえたときは、確か……象の柵越しにこう言ってた」

「ごめんね、って？」

皮肉な笑顔で鳥井が唇を歪める。

「な、なんでわかるんだ！」

鳥井の先回りに、安次朗さんは今度こそ本当に驚いたらしく、テーブルから身を乗り出した。

「別に。ただ、動物に喋りかける少女趣味な女が言いそうなことだと思っただけだ」

「明子《あきこ》ちゃんは、少女趣味じゃないぞ」

「からむなよ。そういうタイプの人間は男にもいる。それより俺は腹が減った。話の続きは食べながらにするぞ」

立ち上がった鳥井は、何か言いたそうに腰を浮かした安次朗さんを残してキッチンへと姿を消した。

しばらくして、奥から声がかかった。

「坂木、取りに来い。重いんだ」

重い？　一体どういう料理を作ったのだろうか。首をひねりながら台所に入ると、そこには一斉に湯気を立てている四個の土鍋があった。ふり向いた鳥井は、黙ってふきんと盆を指さす。僕はうなずいて土鍋を盆に二個載せて、テーブルへ運んだ。てっきりその後に鳥井が土鍋を二個持ってくるものだと思い、ぼんやり待っていたら「早く次を取りに来い」とまた呼ばれる。どうやら重たい物を運ぶつもりは、はなからないらしい。全員の土鍋と箸を並べ終えたところで、鳥井はいかにも軽そうな薬味入れを持って台所から出てきた。

「今日はうどんすき風の鍋焼きうどんだ。猫舌の奴は注意するように」

「鍋焼きうどんかい。こりゃあ、あったまりそうだ」

いの一番に栄三郎さんが蓋を取る。それにならって僕も蓋を開けると、大量の湯気と共にとてつもなくいい香りがふわりと鼻先に立ちのぼった。なるほど、今朝から出汁の香りが漂っていたのは、このためだったのか。しかしこれは、僕が普段口にする鍋焼きうどんとは明らかに違う。まず第一に、このつゆは黒くない。透き通っているのだ。

「鳥井……これ、鍋焼きうどんじゃないね」

「だからうどんすき風だ、っつってんだろ」

思わずもれたつぶやきに、鳥井が突っ込む。だって僕の知っている鍋焼きうどんの具は、ねぎとかまぼこに始まり、あればほうれん草、玉子、天ぷらか餅といったラインナップなのに対し、この鍋の中には——

「ボタンエビに蛤《はまぐり》、鶏に梅の生麩かい。おごったね、しんちゃん」

「しかもこの鶏、葛をひいてあるよ。できた女房でも、なかなかここまではやらないのに。ちょいと嫁に欲しくなるねぇ」

「ボケるなら食ってからにしろ、じじぃ」

皆の会話に加わろうかと思ったけれど、僕はそれをあっさり放棄した。それほどまでに、この特製鍋焼きうどんはおいしかったのだ。関西風のつゆは海老と蛤の出汁が合わさって、喉を通るときにほんのりと潮の香りを残してゆく。鶏は葛のおかげでうまみが閉じこめられ、青みの水菜と一緒に噛むと、歯触りまでもがごちそうに感じられた。

「出汁の香りがたまらんの。さて今度は薬味を入れて食べようか。おお、ここでまた柚子の登場かい。粋だね」

栄三郎さんが嬉々として薬味を入れはじめる。分葱《わけぎ》、ゴマ、三つ葉、へぎ柚子。シンプルな薬味がよく合う。それに特筆すべきは、このうどんだ。

「うまいだろ。これは煮くずれしない、鍋用のうどんなんだ」

黙々と食べている僕に、鳥井がにやにやとした表情で説明する。言われてみれば確かに透明なつゆには一点の濁りもない。なのにうどんはほどよい歯ごたえを残しつつ、柔らかく煮えている。

「さぬきとはまた違うが、もっちりしててうまいな」

「しんちゃんは、おれたちの歯のことを気づかってくれたんじゃないのかい」

「いやいや。エイちゃんはともかく、わしはまだまだ腰のある麺でいけるぞ。餅だって平気じゃ」

「話は食べながら」と言いつつも、目の前のうどんに心を奪われて僕らは肝心の話に入れずにいた。そして鍋があらかた空になった頃、鳥井が緑茶と共に話題も運んできた。

「で、続きを聞こうか」


松谷《まつたに》明子、というのが彼女の名前だそうだ。年齢は二十三歳。

「とにかく動物が大好きで、いつもどこかのケージの前にいるんだよ」

ちなみに現在はフリーター。雑貨店で店員をしつつ、休みを動物園でのボランティアにあてているらしい。

「働き者だろう？　自分の休みを潰《つぶ》していいのかい、ってたずねたらこう言うんだよ。私には、動物たちの顔を見るのがなによりのお休みなんです、って」

その上、彼女はお年寄りにも格別に優しいと安次朗さんは言う。

「きっといい親御さんに育てられたんだろうね。明子ちゃんは可愛いから、ボランティア仲間の若い奴からもよく声をかけられてるんだ。でも、そういう相手よりも、わしらのような年寄りとのつきあいを重視してくれているみたいでな。違う年代の人間と話すことが、こういう場所ならではの経験だとちゃーんとわかっとるんだよ」

安次朗さんの話を聞いていると、確かに松谷さんというのはとても性格の良い女の子だという気がする。なのに、隣で話を聞いている鳥井はどうにも皮肉な表情を崩そうとはしない。むしろ馬鹿にしきったような雰囲気で、僕はそれが不思議でしょうがない。

「でも……最近、明子ちゃんが沈んどるんじゃ。笑顔は見せてくれても、どことなく元気がない。どうしたのかと聞いても……」

「なんでもありません。でも、高田さんのおかげで元気をもらえました。とか言われてんだろ」

鳥井の推理する人物像はまた当たっていたらしく、安次朗さんは初めて鳥井に渋い表情を見せた。

「わかられすぎるのも、困りもんだね。その通りだよ。でもね、元気のない原因の一つはわかっているのさ」

「それは、なんなんですか？」

「猫さ。野良猫」

野良猫、と聞いて僕と栄三郎さんは首をかしげる。なぜ、動物園で野良猫が問題なのだろう。僕らの疑問を察したように、鳥井が説明する。

「あそこの動物園は都内にあるんだから、野良猫がいて当然だ。しかもまわりは公園に囲まれている。観光客の落とす餌も多いし、猫にとっては絶好の環境だ。近くに住み着けば、自然と園内に入ってくるよな。そこでもし、飼われている鳥類のケージが大きな網目だったりしたら、雛や卵を食べてしまうかもしれない。じゃなきゃ柵が低い動物の餌を食べるとか、被害は色々考えられるぜ」

「そう。確かに鳥井さんの言うような状況もありますな。けど、現在は猫対策はおおむねされているんじゃ。網目も細かくなっとるし、餌の問題は、雀や鳩も来ますから、必要悪としてある程度諦められてもいる。ただ、むしろ被害が深刻なのはカラスなんじゃ」

「カラス。ここでも悪者なのかい」

うちの方の町でも、ネットで避けてるよ、と栄三郎さんが言う。

「そうそう、それと同じさ。奴らは上から来るから、柵で囲っただけの場所ならどこでも来られる。しかも、雀や鳩とは違って大きいし、頭も働く。だから小動物の赤ん坊が食われたり、怪我したりで大変なんじゃ」

僕は安次朗さんの話を聞いて、なるほどと思った。動物園には飼われている動物だけがいるわけではないのだ。都市に暮らす生き物たちが、緑と餌の豊富な場所を見逃すはずがない。

「おっと、でも問題はカラスじゃない。そして野良猫の起こす問題でもない。明子ちゃんを悩ませているのは、傷つけられた野良猫なんじゃ」

動物虐待。嫌な言葉が頭をよぎる。口に含んだ緑茶の苦みが、一気に増したような気がした。

「以前から、怪我した猫は目についてたさ。けど、それは主に猫どうしが争って負った傷だった。でも、最近はそれがどうもおかしい。高いところから叩きつけられたようなのや、棒のような物で殴られたのが増えてきとる。しかも……」

「頻度が以前より高くなった。そうだろう?」

「ああ。最初にそういう怪我のやつを見つけたのは去年の秋頃だった。それが年末には月に一度くらい見かけるようになり、先月は二回じゃ。ここまで来ると、気になるじゃろう。けど、被害にあっているのは毎回一匹か二匹で、しかもそいつらがわしらの前に姿を現さない限り、何が起こっているかはわからない。そもそも同じ人間の仕業なのか、それとも偶然なのか。またたちの悪いことに、それで死んだ猫はいない。死なない程度に怪我をした猫に、動物園の職員さんたちもどうしたらいいのか困っている状態でな。

特に明子ちゃんはそのことがずっと気になっているんじゃろう。一人でよく野良猫の後を追っていたりもするよ」

死なない程度の怪我、というのが頭に引っかかった。たとえば犯人が一人だとしたら、その人物はとてもたちが悪いと思ったのだ。もし犯行を指摘されても、「わざとじゃなかった」などと言い訳がたちそうな行動をとっているんじゃないかと。

僕は、その松谷さんという女の子と同じく、生き物を苛《いじ》める人間がとにかく許せない。本当は、食べること以外の殺戮は許されるものではないのだろうけれど、でも、せめて身近にいるものくらいとはうまくつきあっていきたいと僕は思っている。命を製品化してる食肉工場の肉を食っといて、残酷もくそもねえだろ、とよく鳥井は言うけれど。

「……鬱陶しい事件を持ち込んでくれたな、安次朗」

この事件はやはり鳥井にとっても不快なようで、眉間に皺を寄せたまま、鳥井は安次朗さんをにらみつけた。安次朗さんは、そんな鳥井に視線を合わせたかと思うと、止める間もなく深深と頭を下げた。

「お願いです、鳥井さんに坂木さん。わしは野良猫に愛はないが、意味もなく傷つけられた猫も見たくない。それに、明子ちゃんを元気にしてやりたいんじゃ。だからどうか、この事件の解決に、力を貸しては下さらんだろうか」

「そ、そんな、頭を上げてください！」

慌てる僕とは対照的に、鳥井はむっとした表情のまま、それでも彼なりの承諾の意思を伝える。

「動物園に行くのは、人の少ない平日だけ。解決は約束できない。それでもいいのか」

第二章　パンダの不在

　空気の中に、ほのかに有機的な匂いが混じる。ここに来るのは、一体何年ぶりだろうか。最後に来たのは多分僕が中学生の頃だろうから、もう十年以上前の話になる。

「どうだい、懐かしいねぇ」

　僕の隣で、栄三郎さんが目を細める。ここは、日本で一番歴史のある動物園だ。都心にあるため、僕たちの住む街からは地下鉄で一時間もかからない。つまり、鳥井が訪れることの出来る唯一の動物園だとも言える。

　ひきこもり気味の鳥井は、当然ながら外出が大嫌いで、さらに地上を走る電車が苦手ときている。だから彼の行動半径はおそろしく狭いのだけれど、ここ数年の努力によって、それは少しずつ広がってきていた。地上の電車やバスなら三十分、地下鉄なら一時間。それが現在の鳥井の北限だ。でも、都心にほど近い所に住んでいるのだから、そのくらいの時間があれば、たいていの場所には行くことができる。あとは外出時に僕という杖を持たなくてもすむようになれば、完璧なのだが。

「坂木さんは何が好きだね？　おれは昔っから、サル山ばっかり見ちまうんだけど」

「月並みですけど、象やキリンです。動物園らしいっていうか、大きい生き物はここでしか見ることができないし。鳥井はどうだい？」

「……パンダ」

反対側の隣で白い息を吐きながら、鳥井が答えた。相変わらず、寒さを言い訳に外出をしぶっていた彼だけど、来てしまうと心なしかその表情はやわらいでいる。春まだ遠い二月の動物園には、人影もまばらだからだろうか。帽子を目深にかぶって、マフラーをぐるぐる巻きにした鳥井は、どこか遠くを見ているように見える。


「やあやあ、お待たせしました、どうぞこちらへ」

安次朗さんが、よく目立つ黄色い服を着て入り口近くの建物から姿を現した。どうやら、これがボランティアの制服らしい。

「例の女は、来てるのか」

「ああ。今から紹介するよ。お二人のことは、ちゃんと話してあるから、心おきなく調査しておくれ。あ、でもわしが明子ちゃんラブっていうのは秘密でな」

「なに言っちゃってんだ、ヤスちゃん」

僕らは安次朗さんの後について、まずは園内を軽く案内してもらうことにした。鳥井は歩くのが嫌そうだったけれど、「どこから猫が出入りしてるか知っておいた方がいいんじゃないか」と栄三郎さんに説得されてしぶしぶ歩き出した。

小さい頃は、象やキリン、それにパンダやライオンといった動物にしか興味がなかった。そのせいなのか、僕の中で動物園は画一的な動物しかいない印象のまま時を止めていた。けれど、久しぶりに訪れた動物園は大人になった僕にとって、実に面白い場所へと変貌していた。

特に夜行性の生物を集めた建物など、子供の頃はその存在にさえ気づかなかった。いや、もし気づいたとしても、さっき夜行生物館の入り口で見かけた子供のように、怖がって入らなかったかもしれない。他にも小獣を集めたコーナーや、爬虫類館など、知識が増えた今だからこそ楽しいと思えるものが数多くあった。しかし生憎なことに、鳥井の好きだというパンダの檻は空だった。なんでも、繁殖のため海外出張中だという。がっくりと肩を落とす鳥井に、僕は後でパンダ焼きを買ってあげるよと約束をした。

安次朗さんの解説を聞きながら、栄三郎さんと鳥井と一緒にのんびり歩いていると、家族で遊びに来たような気分になってくる。そう、まるで僕らは家族のようだ。ふと、ここに巣田《すだ》さんや滝本《たきもと》、それに塚田《つかだ》くんたちがいればいいのに、と僕は思った。

嬉しさや、悲しさ。そしてどうでもいいような、けれどふり返れば愛しさに溢れた時間を僕らは共有してきた。最近、とみに感じるのだが、人間にとって必要なのは、孤独になったとき、心に浮かぶ人たちの笑顔ではないだろうか。ここ数年で鳥井と僕は、もう両手の指では数え切れないほどの人たちと出会ってきた。いくつもの涙を流し、食卓を囲み、笑ったり怒ったりしながら、僕らは時を過ごした。そしてそれはいつか、鳥井が一人で歩くとき、何よりも強い支えになるだろうと僕は思うのだ。

冬の動物園は、どうも感傷的になっていけない。

物思いに耽る僕の隣で、不意に安次朗さんが大きな声を出した。

「ああ、ほらあそこ。アシカのプールの前に立ってる、あれが明子ちゃんだよ。おーい」

言われるままにその方向を見ると、小柄な女性が手を振っている。安次朗さんは本当に嬉しそうに、早足で彼女に近づいていった。

「明子ちゃん、この人たちがこないだ話した名探偵さんだよ。鳥井さんと坂木さん。それに、いつも話してる幼なじみのエイちゃん」

それぞれがフルネームを名乗りながら挨拶をすると、彼女はぺこんと頭を下げた。すると肩の上で切り揃えられた髪が、ふわりと揺れる。

「初めまして、松谷明子です。今回はご迷惑をおかけして申し訳ありません」

色白で、可愛い人。安次朗さんの言っていたことは本当だった。もしかすると貧血なのかと疑いたくなるほどに透き通った肌に、ピンクの唇。清潔感溢れる笑顔が印象的だ。なのに鳥井の対応は今までで一番そっけなかった。名前を名乗ったきり、彼女の方すら見ようとしない。松谷さんもこれには気づいたようで、一瞬不思議そうな顔をした。けれど鳥井が精神的に不安定なことを事前に聞いていたのか、すぐに自然な態度に戻っている。

お客さんが少ないので、僕らはそのまま一団となって現場に赴いた。

「このあたりの植え込みから、足の歪んだ子が出てきました」

「ここからはお腹に血腫を持った子が」

園内を歩き回りながら、松谷さんは沈痛な面持ちで説明する。

「でもなぜか事務所のそばからが一番多くて、ここからは三匹ほど見つけました。顔から血を流している子と、おかしなものを食べさせられて吐き戻している子。三匹目はよろよろと外へ出ていくところだったので、確実に傷ついているとは言えないんですけど」

「事務所のそば？　人目につきそうな場所なのに、なんでだろうね」

「そうなんです。しかも事務所の正面には人気のあるペンギンのプールがあるのに」

栄三郎さんが首をひねる。確かに、いたずらだったらもっと園のはずれでやればいいはずだ。しかも事務所の隣には、動物病院が併設されている。「だから不幸中の幸いで、すぐに手当ができたんですけど」と松谷さんが言った。

おかしなことに、他の場所と事務所の近くで見つかった猫にはタイムラグがあるらしい。それに気づいたのはやはり鳥井だった。

「どうして、そう思われるんですか」

松谷さんの問いに、鳥井はそっぽを向いて答える。

「事務所前の猫は、血も固まっていないし、異物を吐いている最中だった。これは、事件からさほど時間が経っていないということだ。それに対し、植え込み付近の猫は足が歪んでいたり、血腫を持っている。足の歪みは骨折か捻挫かは知らないが、一度傷ついた部分がおかしな形に癒着したんだろう。血腫は血豆と同じ理屈で、打撃を加えられた部分が時間とともに内出血を起こしていったと考えられる」

念のため、隣の病院にいる獣医さんに話を聞くと、こんな答が返ってきた。管轄外の動物を見たためか、獣医さんは別枠のカルテを出してぺらぺらとめくる。

「確かに、松谷さんが持ち込んだ猫の中で、この近くで見つかった個体は傷つけられて間もない状態のものが多いようです」

「つまり他の場所から見つかった猫は、怪我をしてから時間が経っていたんですか？」

「ええ。短いもので二、三日。長いもので二週間ほど経っているようでした。でも、よくわかりましたね。ランダムに持ち込まれたせいか、私もそこには気づきませんでした」

鳥井の推理は、見事に当たっていた。それで一気に信頼が増したのか、松谷さんは鳥井に冷たくされても、よく笑いかけるようになった。僕はそれを見ても、なぜだか今までのように嬉しい気持ちになることができなかった。どうしてなんだろう？

不意に、目の前に小さなビニール袋が出された。ジッパーで口の閉まるタイプのものだ。中には、なにやら茶色い粒と灰色の物体が入っている。

「これは……？」

「『こんにちはセット』です。よかったら坂木さんもいかがですか」

ポケットサイズの袋を、松谷さんは皆に配った。

「私、動物が大好きだから、いつもこれを持って歩いてるんです。犬用と猫用があって、中身はドッグフードや煮干しです。お散歩中に出会った子たちと、これでコミュニケーションをとろうと思って」

「なあるほど。明子ちゃんは本当に優しいねぇ」

相好を崩して、安次朗さんがそれを受け取る。つられるように僕もそれを受け取ったが、鳥井は頑として拒否した。なぜだか栄三郎さんまで。

「おれはそういう形であいつらと関わる気はないんですよ。悪いね」

「そう……ですか」

きっぱりと言った栄三郎さんを、松谷さんは微妙な表情で見た。悲しい風ではなく、理解できないといった雰囲気だった。

ともあれ、猫が傷つけられているのは事務所近くだということはわかった。建物の横には通用門があり、そこを出てしまえばすぐに一般の道路になっているため、外部の人間の仕業だとも考えることができる。そう鳥井は指摘した。

「ここじゃなく、どこか他の場所で傷つけた個体を運んできたという可能性もある。そうなると、一概に悪い奴とは言えなくなるかもしれないな」

「どういうことだい？」

「他の誰かによって傷つけられた個体を助けたい。けれど金がないのか、そこまで面倒を見る気はないのかで、とにかく動物園に連れてくればなんとかなると考えた人間がいるとも考えられるのさ。ここなら獣医が常駐してるし、まさか見殺しにはしないだろうと。

この場合、猫は必ずしも同じ場所に住んでいるものとは限らない。そいつが目についたまま、四方八方から運び込んでいると考えるのが妥当だ」

「とすると、誰がやったのかなんてぇのはわかりにくいね」

「そういうことだ」

もしそうなら、これはある意味で美談だとも言える。ただ、かなり無責任な印象は否めないけれど。

「でも、この近くの人がやった可能性もあるんですよね」

松谷さんが不安そうに通用門を見やった。確かにもう一方の可能性はまだ残っている。だとすると、彼女自身が危険を感じるのも無理はない。

「エイちゃん、確かここいらにはあんまり住んでいる人はいないやね」

「そうだね。動物園の他にも美術館や博物館があるし、まわりにはホテルや学校があるから、住宅は少ないよ」

だとすると考えたくはないが、ここに関係のある人物の犯行なのだろうか。でなければ観光客？　いや、それも不自然な話だ。そもそも問題の人物は、動物園という人目の多い場所にいつ来ているのだろう。

「でも、動物園が完全に無人になることはないんですよね？」

僕は思わず、松谷さんにたずねる。

「ええ。この道路の向こう側に宿舎もありますし。それに夜遅くまで残る係と、朝早く来る係がいますから、無人の時間は少ないでしょうね。第一、警備員が巡回していることを考えれば、完全に無人という状況は成り立たないと思います」

松谷さんは、園内の地図を指さしながらつぶやいた。

「ただ……植物が生い茂っている場所も多いので、隠れていることはできると思います」

「でも、それはおかしいね、明子ちゃん」

「え？」

顔を上げた松谷さんに、安次朗さんはたたみかける。

「だってそうだろう？　もし、おせっかいで怪我した猫を運んでくる人間がいたとしたら、そいつはわざわざ園内に入らなくても、あの通用門で猫を放せばいいだけさね。ひるがえって、猫を怪我させている人間がいたとしても、そいつにとっては一つ所にとどまることが危険だとわかっているだろう。だから、どっちにしろその人物はここに長居はしていない。違うかね、鳥井さん？」

「まぁ、そうだろうな」

「となると、内部の人間でもそれは可能になるね」

「そんな……！」

青ざめた顔で、松谷さんが首をふった。

「私、考えたくありません。ここに関わっている人で、こんなことする人がいるなんて」

うつむく彼女を、鳥井は苛ついた表情で見ている。なぜこんなにも鳥井は不機嫌なのだろうか。

「考えたくないなら、俺を呼ぶな。坂木、帰るぞ」

鳥井はそう言い放つやいなや、くるりと松谷さんに背を向けた。

「あ、あの……」

慌てて鳥井の肩に手をかけようとした松谷さんを、やんわりと栄三郎さんが止める。

「心配しなさんな。しんちゃんは途中で投げ出したりしないよ。多分、今日見るべき所は見終わったってことなんだろう」

「そう、そうですよ。また来ますから、あまり気にしないでください。それじゃ、今日はここで失礼しますね!」

出来うる限り最高の営業スマイルを浮かべて、僕は彼女にお辞儀をした。そして鳥井を追いかけて、出口へと向かう坂を上がる。ふり返ると、栄三郎さんが後からのんびりと歩いてきていた。その向こうには、呆然と立ちつくす松谷さんと、それをなだめるように話しかけている安次朗さんの姿が見てとれた。

「おい、遅いぞ」

ずんずんと先を急ぐ鳥井が、僕をふり返る。それはまるで、犬や猫がそうするような、自然な視線だった。何の含みもなく、ただ僕という存在を見つめる瞳。そう言えば、僕は今日こんな瞳に囲まれていたことを思い出した。

遠くを見ているような、それでいて己の中に沈み込んでいるような動物たちの瞳。彼らの視線は、僕の人間としての愚かさ、汚さを光で照らすように感じたものだ。


白い息を吐きながら出口へと向かっていると、不意に声をかけられた。

「おい、坂木。坂木じゃないか？」

「え？」

声の主は、僕と同じくらいの歳の男だった。どこかで見たような顔。覚えがある。けど、一体人生のどこで出会った人物なのか、とっさには思い出せなかった。栄三郎さんはまだ僕に追いついていないし、鳥井はこの男に気づかないまま先を歩いている。僕は彼が僕の顧客さんではないことくらいしかわからず、困惑したまま立ち止まった。彼は、自分を指さしてにやりと笑う。

「俺だよ俺。谷越《たにこし》。覚えてるだろ？」

あっ、と思った。思い出した。

そして次の瞬間、僕はまた歩き出していた。

「おい、なんだよ。坂木なんだろ？」

追いすがるように、男が声をかける。僕は彼の方にふり向くことなく、「人違いです」と言い捨てた。

信じられない。また彼に会うなんて。そしてもっと信じられないのは、彼が笑って声をかけてきたことだ。

そう、まるで何もなかったかのように。

第三章　教室の猿たち

足もとを風が吹き抜ける。くるくると回る枯れ葉は、まるで僕にまとわりつく仔犬のようだ。それがなんとなく嬉しくて、僕は夕暮れの街角で立ち止まっている。

「なんだ。店に入ってればよかったのに」

僕の前に上背のある男が現れた。ごつい革ジャンに、よく穿きこんだジーンズ。会社帰りのスーツ姿の僕とは対照的だ。

「悪かったな、呼び出して」

「気にすんな。とにかく入ろうぜ。冷えちまう」

白い息を盛大に吐きながら、男が笑顔を見せた。彼の名は滝本孝二《こうじ》。鳥井と僕の共通の友人で、派出所のおまわりさんをやっている。今日は非番なので、僕の退社時間に合わせてくれたのだ。

軽く飲みながらの方がいいだろうということで、僕らは駅前にある洋風居酒屋に入った。ここはグループで来る客が少ないので静かだし、席と席との間についたてがあって、深刻な話をするにはもってこいの場所なのだ。

僕はグラスワイン、滝本はウイスキーソーダを片手に、鶏のマスタード焼きなどをつまんでいる。

「で、話ってなんだ」

「うん。まぁ、わかってるとは思うけど、鳥井のことでさ……」

「そうだろうな。でなきゃわざわざ、駅前で待ち合わせたりしないよな」

「……そうなんだよね」

歯切れの悪い僕の言葉を、滝本はせかすことなく待ってくれた。どう言えばいいのか、その間僕は激しく逡巡した。話さなければ、滝本は無関係でいられる。けれど彼の性格上、それを知ってしまったが最後、関わらずにはいられなくなるだろう。それは、滝本にとっていいことなのか。また、鳥井はこの話を他人に知らしめる僕を軽蔑するだろうか。

そこまで考えて、僕ははたと己のいやらしさに気づいた。僕は、滝本の助けを借りたいと思っているくせに、滝本を鳥井に関わらせることに抵抗を感じている。僕だけが背負っている鳥井の痛みを、彼に分け与えたくなくて、逡巡しているのだ。

結果的に誰のためにもならない悩みなら、捨てた方がいい。そう思うことで、僕は自分に諦めをつけさせた。

「この間、動物園に行ったんだ」

「おう。それは聞いたぞ。なんでも猫がどうとか言ってたな」

「相談事は、猫の話だったんだ。ただ、その帰りに一人の男に会った」

「……男？」

「名前は、谷越淳三郎《じゅんざぶろう》。僕と鳥井が中学校のときのクラスメートだ」

「中学校、ってことは。おい、まさか」

「うん。鳥井を苛めてた奴だ」

茄子のグラタンをつついていた滝本の顔色がさっと変わる。

そう、思い出したくもない人物。僕の人生で唯一、存在を消したいとまで考えた人物。それが谷越淳三郎という男だった。

＊

人を嫌うことが嫌いだった。

できれば全ての人と仲良く、理解できなくともせめておだやかに接していたかった。それがいじめを目撃するまでの僕、坂木司の幼い人生訓だった。今でも、もしそうできることならば、とは思っているのだが。


教室に入る前に、いつもとは違うざわめきが聞こえてきた。その異様な雰囲気に僕は耳をそばだてる。なんとなく入りにくさを感じ、教室の戸を開かずにしばらく立ちつくしているとその原因がわかった。僕の通っていた中学は男女共学だったのにも拘《かかわ》らず、今日に限って聞こえてくるのは男子の声だけなのだった。しかもその声は、明らかに誰かを糾弾《きゅうだん》している。僕はおそるおそる、扉の窓からその声の主をのぞき見ることにした。始業には、まだ時間がある。

「だからお前は嫌われんだよ！」

　そう叫んでいたのは、谷越。中学生にしては早熟な印象の奴だった。人より一歩先を行くことが好きな谷越は、流行《はや》りの小物や漫画をいつでも鞄に入れていて、級友にそれを見せてくれる。僕もその恩恵にあずかったことのある一人で、だからこそ彼が誰かを苛めているのだとは、しばらく気がつかなかった。多分、正当な理由があって怒っているのだろうと。そう、思っていたのだ。けれど、それでは説明のつかない部分が一つあった。女子の声がしないことだ。

　中学生男子に日々の喧嘩はつきものだ。だからこそ女子はそうした小競り合いには慣れっこになっていて、よほどのことがない限りはお喋りを止めることはない。なのに、今日に限ってそれはぴたりとやんでいた。つまり、この教室の中はそれだけの緊張感に満ちた空気を孕《はら》んでいるということだ。

「嘘つきだぜ、こいつ。そうだろ？」

　谷越の声が、同意を求めるように響く。何があったのだろうか。

「一度見た映画だから見なくていい。俺はそう言っただけだが、どうしたらそういう論旨になるんだ」

　しかしその相手は、責められているとは思えないほど落ち着いた声で返事をした。それは、鳥井の声だった。

「だって日本初公開のビデオだぞ。嘘をつくのはやめろよな」

鳥井の冷静さに反して、谷越はひどく激昂していた。どうやら話は、谷越の家でビデオの上映会をやるというところから発展したらしい。よく聞くと、谷越は日本初公開になる映画のビデオを手に入れたから、それを放課後皆で見ようと希望者を募っていたらしい。

「せっかく声をかけてやったんだからさ、嘘なんかつかないで素直に見にくりゃいいだろ」

確かに、谷越と鳥井は普段からあまり仲が良くはない。だから仲間内の集まりに鳥井を誘うことは珍しい。つまり、それだけ谷越は機嫌が良かったのだ。普段は仲の良くない鳥井まで誘いたくなるほどに。そんな嬉しさからの行動を無下に断られたものだから、谷越は機嫌が悪くなったのだろう。

とはいうものの、鳥井は誰とも仲良くしていないのだから、谷越と他の級友に特に差異はない。ただ僕から見ると、谷越は鳥井に一方的な感情を抱いているように思えた。それはクラスでの評価というか、うまく言えないけれどそのあたりの問題だ。

谷越は、もともとクラスの中心になりたいと思っているように見えた。その証拠に、このクラスが始まったときから彼はとにかくよく喋っていた。中学生のリーダーなどというものは、いくつかの条件を備えている者が自動的になるか、でなければリーダーになりたい誰かが自発的になっていくものだが、彼は紛れもなく後者のタイプだった。そしてこのクラスには、自動的に中心になるような生徒がいなかったことも彼に幸いした。

今にして思えば、彼は小さな政治家のようだった。クラスの中で困りごとが発生すれば、先頭を切って口を出し、運動会では「クラスのチームワーク」を叫びながら、他のクラスと戦った。彼のスローガンは「みんなのため」。そしてここだけは評価してもいいと思うのだが、彼は自分の政治のため、本意でない行動をたびたび行っていた。つまり、寂しそうにしている生徒がいれば率先して声をかけ、友達になりたくもない人物とまで交友を広めていたのだ。たとえ偽りの善意から出た行動だとしても、それは尊敬に値する。鳥井と悶着を起こすまで、谷越はクラスの弱者をそれなりに救っていたのだ。あの頃の僕はそれを素直に受け止め、彼の生き方に実に感心していたものだけど。

谷越の天下は安泰に見えた。実際、彼自身がうろたえることさえなければ、本当に安泰だったはずだ。けれど、谷越はその敏感なアンテナで違うリーダーの芽を感じとってしまった。それは谷越自身の不幸でもあっただろう。その相手こそが鳥井だったのだ。

勉強も運動も上の下、という谷越はある意味で平凡な生徒だった。だからこそ彼は、いち早い流行の話題や品物などで「特別な感じ」を演出していた。けれど鳥井はごく自然にその「感じ」をかもし出していたのだ。それに気づくのは僕をはじめ、ごく少数の生徒だったけれど。

鳥井はまず、勉強で谷越を上回っていた。そもそも鳥井の学力は学年で上位を争うほどのものだったのだから、谷越でなくとも太刀打ちはできなかったはずだ。しかし「誰かわかった奴はいないのか」と先生がクラスを見渡し、最後に「しょうがない。じゃあ鳥井、答えてみろ」と彼を指すのは確かに鳥井を特別に目立たせていた。

谷越がゲームやファッションといったきわめて現代風な話題をふりまく傍ら、鳥井は静かに本を読んでいた。しかしよく見るとそれが英語で書かれた本だったり、着ているコートがテーラーの仕立てによる名入りのものだったりと、鳥井にはある種の憧れをかき立てるには充分な素材が揃っていた。古い言葉で言うならば、鳥井からは舶来の品に囲まれた古式ゆかしい贅沢の香りが漂っていたのだ。確かに鳥井家は経済的に豊かだったし、彼の父が買う品が舶来品になるのはごく自然なことだと、僕は後に知ることになるのだが。そしてそんな彼は、一部の生徒にはとても支持されていた。「鳥井は頭がいいのに、でしゃばらない」、あるいは「大人っぽい」と言った囁きが、クラスに広まりはじめた頃、谷越の態度が目に見えて変わった。彼は鳥井のことをライバル視し始めたのだ。

以来、谷越はそれとなく鳥井と張り合うような態度をとりはじめた。最初はごく微妙な変化だったため、気づいた生徒は少なかったと思う。なにより相手である鳥井自身が飄々としていたため、ある意味で谷越は独り相撲をとっていたようなものだ。その頃から僕は、谷越という人物に関して疑問を持ち始めた。

あるとき、クラスの女の子が鳥井のコートを拾った。

「落ちたよ、これ」

裏返しになったそれを拾った彼女は、一瞬おやという顔をする。

「鳥井くんさ、これテーラーで作ったの」

ふり向いた鳥井は今ほどではないぶっきらぼうさで礼を言った。

「サンキュ。セミオーダーだよ。なんでわかったんだ？」

「だってこれ、お父さんの背広とおんなじなんだもん。ほら、ここに名前が入ってる。でもこれ、ローマ字の横書きって珍しいね」

「日本で作ったんじゃないから」

それを横で聞いていた谷越は、いかにも苦々しい顔で仲間にこう言った。

「外国製とかって、いい気になって買ってもよく失敗するんだよな。体形が違ったり、作りがいいかげんだったりで」

「何言ってんの、谷越くん。だからこそそのオーダーなんじゃない。寸法を測ってるんだから、体形が違ったってぴったりにできるわよ。そういうところで作って、いいかげんなはずないじゃない」

彼女の反撃にむっとした谷越は、手に持っていたファッション雑誌を指さして言う。

「でも、ださいだろ。お前の親父とおんなじタイプの服着てるってことなんだから、少なくとも今の俺らの流行とは違うし」

「……まあ、流行りじゃないのは確かだけど」

しぶしぶ彼女がうなずくと、谷越はそれ見たことかという顔で笑った。

「別に俺はさ、それが悪いって言ってんじゃないんだ。ただ、鳥井のためにも今の流行を教えてやりたいだけでさ。みんながお洒落になった方がこのクラスのためってもんだろ？鳥井、今度の土曜でも一緒に買い物に行くか？」

ここではじめて、鳥井は谷越をじっと見つめた。その視線にひるんだかのように、谷越は無意味な言葉を連ねる。

「お前さあ、何から何まで古いからさ、少しは現代の若者らしいことを学べよ。勉強ができるだけじゃ、人間としてつまんないんだよ。先生のウケばっか良くて、いい気んなってんだろ？だから友達もできないんだよ」

ここまできてやっと、僕は谷越という人間に小さな不信を抱いた。思えば、中学生の僕は本当に悪意に鈍感だった。

そのとき、鳥井が静かに口を開いた。

「谷越、悪いけど俺はお前の宗教に入信する気はないんだ」

「なんだよ、宗教って。俺は別に信じてる神様なんていないぞ」

「いや、いるよ」

「俺がいないって言ってんのに、他人のお前にわかるわけないじゃん。鳥井、もしかしてホンモノのお勉強馬鹿になったのか？」

谷越の仲間はタイミングよく、そこで笑い声を上げる。けれど鳥井の表情は動かない。

「谷越、お前の信じてる神様は流行だ。もっとわかりやすく言うなら、『新しいものは素晴らしくて古いものは時代遅れ教』だな。理解はできるが、俺は信者になることはできない。布教してくれて、ありがとう」

最後の一言が慇懃無礼《いんぎんぶれい》な皮肉だということぐらいは、僕にもわかった。ましてや谷越には嫌というほど通じたらしく、彼はしばし黙った後、こう言い捨てて背を向けた。

「お前、やっぱ友達できないわ」

後の話によるとお洒落な鳥井の父、誠一《せいいち》氏は、息子にはどうしてもきちんとした服を着せたかったらしく、帰国の際によくセミオーダー用の採寸表を持ち帰っては、自ら鳥井のサイズを測っていったらしい。

「育ち盛りで来年同じ服が着られなくなるようなガキに、誠一もなにやってたんだか」

鳥井は今もその話をすると眉間に皺を寄せるが、僕はそのコートの話には違う側面があると思っている。あの頃、鳥井の服はどれもオーソドックスで、けれどしっかりと作られたものばかりだった。普段着をTシャツにジャージやスエットで過ごす僕らと違って、アイロンのかかったシャツとジーンズではないパンツを穿いた彼の服は、いつどこに出かけても恥ずかしくないものだった。それが金持ちのお坊ちゃん風で鼻につくという谷越の気持ちもわかるほど、鳥井の服装は大人に、特に年輩の人に好評だった。僕が思うに、彼の祖母と父は彼を「母親がいないせいできちんとした格好が出来ない子」にはしたくなかったのではないだろうか。なぜなら、英国スタイルのシャツとパンツなら組み合わせに失敗しようがないし、お祖母さんのセンスで買ってきてもおかしな服にはならないからだ。

谷越と鳥井の微妙なすれ違いは、それから何度か目にした。流れはおおむね、無関心な鳥井に谷越が言いがかりをつけるという感じで、一部の生徒はそれをうんざりとした顔で眺めていた。ただ谷越の仲間たちはそれを面白い見世物だと思っているふしがあって、以来鳥井の行動をなにかにつけちゃかすようになっていった。

そしてこの日もまた、似たような風景が繰り広げられるはずだった。けれど、機嫌を損なった谷越の嫌みな声と、珍しくそれに反応した不快そうな鳥井の声が場の空気を凍らせていたのだ。

「俺は嘘つきじゃない」

「嘘つきだろ。見れるはずがない映画を見たって言ってんだから。どうせ俺に対抗するためだけに、言ってるくせに」

「どうしていつもそうつっかかってくるんだ。俺がお前になにかしたのか？　それならそうと言えよ」

鳥井は一応、話し合いをしようと言っているらしい。それに対して、谷越は口をとがらす。

「別に。つっかかってくるって感じるのはお前の勝手だし。言うこたねえよ。それよりマジで、嘘ついたの認めろよ。今なら許してやるから」

「……しつっこいな」

「ああ？　なんてったよ、鳥井」

「しつこいって言ったんだよ。いちいち俺に絡むな、谷越」

一気に、空気が険悪になる。

「大体、お前は俺を気にしすぎなんだ。クラスで一番になりたいなら、勝手になればいいものを。俺は別にお前の地位を脅かしたりなんかしないし、したくもないから俺のことはほっとけよ」

「うるせぇよ、言ってることがわけわかんねぇぞ、嘘つき」

どうしても谷越は、そこにこだわりたいらしい。僕には、面と向かって投げつけることの出来る、唯一のボールを谷越が投げたがっているようにも見えた。

「だから！　俺はその映画を見たんだよ。父親が土産で海外版を買ってきたから、字幕はなかったけど。わかったかよ、谷越」

メンツ丸つぶれ。そんな言葉が頭の中に浮かんだ。谷越は顔を真っ赤にし、鳥井をにらみつけていた。

「でも、そんな嘘をつくのは簡単だ。なにしろここにその海外版のビデオはないんだし！　第一お前の親父ってのが怪しい。いっつも海外出張中で、息子には金と物を与えておきゃいいってのが見え見えなんだよ」

谷越は勢いにまかせて、言うべきではない言葉を口にしはじめた。僕はここでようやくはたと自分の役割に気づき、扉に手をかけた。入らなければ。ここでこの雰囲気を壊さなければ、きっとこじれてしまう。しかし次の瞬間、鳥井の声が響いた。

「父親のことは関係ない！　お前なんかに語られる筋合いもない！」

「んだよ！　父子家庭どころか、ばばぁと二人暮らしのくせに！　お前の母親はどこ行ったんだよ？　可哀相な家庭の子のくせに、態度でけぇんだよ！」

言ってはならないことが、さらに増えた。家族のことに立ち入られて珍しく頭に血が上った鳥井は、谷越の胸ぐらを摑む。

「お前こそ、詮索好きのばばぁかよ？　そんなに俺のことが気になるのか？　ああ、お前、一生懸命やってないとすぐに影が薄くなっちゃうもんなぁ。ご苦労さん。いつもいつも周りに気をつかって、お前の大好きな宗教を広めてさ。最近は神様がまた増えたんだよな」

「なんだよ、それ……」

今度は谷越が鳥井の胸ぐらを摑む番だった。鳥井は、見下すような目でそれを口にした。

『みんなのため』と『おまえのため』。それさえ掲げときゃ、なんでも通ると思いやがって。お前が馬鹿にしてる学校や教師とまったく同じスローガンだって気づいてないんだろうな。俺は全体主義のために滅私奉公する気なんてないし、自分のためになるかどうかは自分で決める！」

「めっし……なんだよ？　言ってることがわかんねぇよ」

谷越が首をかしげたのも無理はない。中学生で知ってる奴の方が珍しい単語を、鳥井はわざと使ったのだから。

「わかんないだろ。理解不能だろ。だったら考えるな。俺に干渉するな」

そのときの鳥井の冷たい目。汚れた靴先を見るような、無造作で感情のこもらない目を僕は忘れることができない。なのに、鳥井は笑った。谷越を最大限まで見下しておいて、笑ったのだ。

「もうちょっと勉強しろよ」

谷越が殴りかかろうとする寸前に、僕は大きな音を立てて扉を引いた。教室がさっと静まりかえり、次の瞬間始業のチャイムが鳴り響いた。

谷越が変わったのは、この日からだった。

*

大根サラダをつまみながら、滝本は盛大にため息をつく。

「俺、その谷越って奴にちっと同情するわ」

「あ、やっぱり？　僕もその後のことがなきゃ、むしろ谷越が可哀相だったたって思うよ」

「プライドっていうか、なんか踏みつけられた感じがするもんなあ。鳥井みたく頭のいい奴に口喧嘩を挑んだ時点で、負けは見えてるとしてもさ」

「鳥井は、容赦なかったからね」

僕も同じサラダに箸をのばし、それをつまむ。ありきたりな梅風味のドレッシング。これなら、以前鳥井が作った梅酒が隠し味のドレッシングの方がおいしい。

＊

次の日、学校に行くと鳥井が廊下に立っていた。

「どうした、入らないのか」と僕がたずねると、いまいましそうに「席がない」と答えた。誰がやったかなんて、聞くまでもない。だから僕は黙って彼の机と椅子を捜しに出かけた。こういうのはたいてい、意外と近くにあるものだ。そう、二部屋くらい先の視聴覚室とかに。僕の後についてきて机を発見した鳥井は、僕という級友を初めて知ったような目で見た。

「いたずらする方なんて、いいかげんなものでさ。遠くに運ぶほどの気もないし、手間を惜しむんだよ」

「なるほどな」

鳥井が感心した風にうなずく。

「いたずらをする側に立って考えればいいわけだな。お前……名前、なんだっけ」

「坂木だよ。ほら、皆と一緒に何回か帰ったことあるだろ」

「……あの中に、いたのか」

「いたさ。鳥井は僕に興味ないだろうけど、僕は鳥井のことわりと知ってるよ」

そう。告白すると、僕は鳥井と親しく口をきく前から彼のことを多少なりとも知っていた。

不審そうな目をする鳥井に、僕は事情を説明する。

「僕のおばあちゃん、いまだに孫の父兄会とか参観日が好きでさ、よく来るんだ。で、お母さんはそういうのがめんどくさいタイプだから、これ幸いとおばあちゃんに一任してる」

「ああ、そういうことか」

「そう。数少ない同年代ってことで、鳥井のおばあちゃんとよく一緒に座るんだって」

その頃、鳥井とうまくいっていなかったお祖母さんは、実は彼女なりに悩みを抱えていた。父母参観など生徒の前に出ていく場面に於いて、自分だけが父母ではない。それをいつも気にしていたのだと僕の祖母は言う。自分も年寄りなのだからあまり気にすることはないのだとなぐさめても、

「母親がいるけれど来ないのと、いないから来ないのとは違うでしょう」

そう言ってうつむいてしまうのだと。

「お孫さん思いの、良い方よ」

僕の祖母はよくそう言っていた。きっと、鳥井のお祖母さんは彼女なりに悩み続けていたのだろう。憎い嫁と不憫《ふびん》な孫、そしてそばにいない息子。彼女は日々の全てを抱えて一人、相反する気持ちの中で揺れていたのだと思う。だからこそ後に、僕に手紙を託したりしたのだ。


机と椅子は、ほんの手はじめに過ぎなかった。教科書、体操着、鞄、とにかく鳥井の物ならなんでも魔法のように消えてゆく。最初はゲーム感覚でそれらを見つけては、してやったりという顔をしていた鳥井だが、徐々に笑顔は減っていった。谷越に直接抗議もしたのだが、すでにいたずらは彼だけの手を離れていた。

「俺じゃないよ。お前を嫌ってる他の誰かがやってるんだ。だから言っただろ、そんなんじゃ友達できないぞって」

へらへらと笑う谷越に、いつしかクラスの半数以上が追従して笑っていた。いつの間にこんなことになったのだろう。鳥井はそれからどんどん無口になり、僕ともあまり喋らなくなった。心配した僕が声をかけると、「お前もやられるぞ」とだけ言って背を向けた。

そのうち、実際に手を出す者が現れた。通路に足を出して引っかけようとしたり、体育の競技中に間違ったふりをして肘や膝で殴る者。名簿順や背の順で組まされた相手は、鳥井と一緒に何かをやろうとはしなくなった。昼は弁当を開ければ消しゴムのかすをふりかけられ、下校時には靴がなくなっていた。そんな中、最初は眉をひそめていた生徒も、半数はそのゲームの尻馬に乗り、残りの半数は見て見ないふりをした。僕は次第に陰湿になってゆくクラスの雰囲気に耐えきれず、鳥井をここから救えない自分に激しい苛立ちを覚えた。

そして暴力が校外に場を広げた時点で、鳥井は学校に来なくなった。いじめをずっと見て見ぬふりをしていた先生はそこでようやく重い腰を上げ、学級会を開いたりしたのだが、それが形だけのものだということは全員がよくわかっていた。その証拠に、教師の指導要項をなぞるような話し合いの後、結論は「鳥井くんが皆にとけ込む努力をするべきだ」という愚にもつかないものに落ち着いた。

僕はそのときのことを、今でもひどく鮮明に覚えている。先生が一仕事終えたという風に部屋を出る瞬間、斜め前の席の谷越が「ゲームオーバー」と小さくつぶやき、それに続くように

「リセット?・」「つまんねぇの」「コンティニュー」「コンティニュー」という囁きが波のように広がったのだ。それと同時に、たとえようもない絶望が僕の中に広がった。

ゲームだとは知りたくなかった。せめて谷越をきっかけとするボタンの掛け違いなのだと、誰のせいでもないのだと思いたかった。けれど現実はそうではなく、僕は自分の認識の甘さと無力さを思い知らされただけだった。

けど、無力というのはただの言い訳だ。僕は、本当に何もしなかった。鳥井の言うように、次は僕がやられるのだと、どこかで感じていたのだ。だから僕は声を大にすることもなければ、体を張って谷越に立ち向かうこともしなかった。卑怯《ひきょう》だろう? 僕がしたことと言えば、鳥井にそっと近づいただけなのだから。

普通につきあっていたクラスメートが順繰りに手のひらを返してゆくさまは、それからしばらく夢に見た。あの笑顔は、くだらない冗談は仮面だったのだろうか。僕が見ていた彼らと、本当の彼らは違うのだろうか。状況が変わったから、ひょいと仮面をつけかえただけなのだろうか。そんなとき、僕は目の前の鳥井を見ると安心することができた。

彼に、仮面は存在しない。

余談だが、僕が涙もろくなるのは、この後のことだ。それまではごく普通の涙腺しか持ち合わせていなかった僕だが、クラスでのいじめを目の当たりにしてから、人間の中の悪意を否定できなくなった。性善説を信じたくても、悪意の雪崩が起こる様を思い出してしまうのだから、しようがない。

でも、だからこそ僕は良い話に弱くなった。人間の優しく強い部分を見ると、我知らず涙がこぼれてしまうのだ。まだ信じられる。まだ、人はこんなにも美しいのだと思うことで、僕は救われているのかもしれない。

＊

「で、その谷越って奴が動物園にいたと」

「そうなんだよ。平日だし、スーツ姿だったから、仕事の合間の息抜きかもしれないんだけどね。でも、あいつは平気で僕に声をかけてきた」

「そいつは坂木と鳥井の関係まで見届けてないんじゃないのか？」

湯気の立つペペロンチーノを頰ばりながら、滝本はたずねる。そう、確かに僕は鳥井が学校に来なくなるまで、行動を起こさなかった。けれどその後、鳥井と友人になってからの僕は、谷越の敵となったのだ。

「でも、鳥井と僕の関係を知らなくても、谷越は僕に声をかけにくいはずなんだよ。だって次のいじめのターゲットは、鳥井を気にしてた僕だろうって思ってたから、僕は谷越に歯向かったんだ」

「で、成功したのか？」

「うん。例によって朝の始業までの時間、谷越が僕に向かって言ったんだ。次の主人公はお前だぜ、って」

「なんだそれ。腹立つな」

「そう。だから僕は言ったんだ。もう、びっくりするくらい大きな声でさ」

「僕はお前が作ったつまらないゲームなんかやりたくない！」


その瞬間、僕は鳥井になったような気がした。いつもの僕なら口にしないような言葉が、すらすらと出てくる。これは鳥井とつきあいだしてからの、あらたな発見だった。今にして思えば、それは僕も仮面をかぶったということなのだろう。坂木司という弱いパーソナリティに、鳥井という頭脳派のパーソナリティをかぶせたのだ。他人の仮面は嫌っていたくせに、都合の良いときだけ利用して。


僕の大声は教室の外まで響いたらしく、早めに教室に来ていた隣のクラス担任が顔を覗かせた。僕の中の鳥井が、今だ、と言う。

「いじめなんてつまらないゲームは、もうたくさんだ！　それに第一、谷越がいじめたせいで鳥井は学校に来なくなった！　これがゲーム？　そして次が僕？　僕はもう、うんざりだよ、谷越！


谷越のいじめにも、それを無視してる先生にも！」

やけに説明的な台詞。そして「いじめ」と「谷越」という言葉の乱用。これがポイントだった。

「隣のクラスの先生は、生徒の間ですごく信頼されてる先生でね、すごくいじめを嫌ってた。事なかれ主義な僕のクラスの担任と違って」

「あー、なるほどなるほど！　坂木もやるなぁ。そうやっていじめの事実を広めたってことだろ」

そう。実際、その日の午後僕はその先生に呼び出され、ことの経緯を説明させられた。僕はその先生の真剣な眼差しを目にして、もっと早くこの方法を思いついていればと思った。

事態は、ごくゆっくりと収束の方向へと向かった。相変わらず谷越とその一派は僕を快く思ってはいなかったし、担任も事なかれ主義のままだった。

「でもまぁ、少しだけど友達も戻ってきたし、隣のクラスの先生のおかげで、僕はそのまま卒業できたんだ」

「なのに、相手は声をかけてきた」

「そうさ。どういう関係だったかなんて、忘れるはずもない。なのに谷越は、まるでごく普通の同窓生みたいな顔をして、声をかけてきたんだ」

言いながら、僕はパスタを口に入れた。ありきたりのペペロンチーノ。おいしいけど、これなら鳥井の作った黒七味のペペロンチーノの方がおいしい。でなきゃ、石垣島のラー油をベースにした山椒風味のやつか。

「ということは、本当に忘れてるのか、忘れた風を装ってるのかってことだな」

「どっちにしても、鳥井には会わせたくない。どうなるかわからないし、できれば避けたいんだ。でも、あいつはまた来るかもしれない。僕たちが動物園のボランティアさんたちと一緒にいるのを見てたんだから」

「鳥井を動物園から遠ざけるのが、早道じゃねぇのか？」

「でも、頼まれごとを放り出してまで家にいさせるのもおかしいし、そんなことをしたらきっと鳥井は何らかの形でこのことに気づくと思うんだ」

だから僕は、外堀を埋めることにしたのだ。

「多分あと何回かは、動物園に行くことになると思う。で、お願いなんだけど、できれば滝本にも一緒に来て欲しいんだ。僕だけじゃ目が届かないし、不安なんだ。せっかく少しでも外に出られるようになった鳥井を、振り出しに戻したくないんだよ」

「ま、俺は別にいいよ。でも非番のときしか手伝えねぇから、なんだったら小宮《こみや》にも声かけとこうか」

「ありがとう。そうしてくれると助かるよ。僕は谷越が今なにをやってるのか、調べてみるつもりだ」

「おう。ま、大船に乗った気持ちでいろよ。変な奴からガードするには、俺たちは最高の人材だからな」

まかせろ、と言わんばかりに滝本は自分の胸を叩きかけた。けれどその手は、行き先を失ったように空中で止まる。

「そういや俺さぁ……ちょっとやばいんだよな。坂木、もしかしたら俺、コブつきで動物園に行くかも」

「親戚の子でも来てるのかい？　僕は大歓迎だよ」

「いや、そうじゃなくて、女。十八歳の」

饒舌な彼にしては珍しく、歯切れの悪い喋り方をする。

「てことは、彼女？　すっごい年下だなぁ！」

「違う違う！　そうじゃなくて、その、妹が上京してるんだ」

あれ？　僕は心の中で首をかしげた。滝本に妹がいたなんて、初耳だ。そもそも、よく考えたら僕は滝本から家族の話をほとんど聞いたことがない。長いつきあいなのに、これは意外な盲点だった。

「でさ、妹。美月《みづき》っていうんだけど、こいつが東京を案内しろとか、俺の友達に会わせろとかうるせぇのなんの。だから連れてくことになると思うけど、我慢してくれ」

「我慢て……別に気にしないよ。むしろこっちこそ、せっかくの兄妹水入らずに悪いね」

「いや、実は俺の方こそありがたいぜ。仕事でそうそうあいつの観光にもつきあえねぇからな」

頭をかきながら、滝本が笑う。もう、いつもの彼の顔だ。

第四章　薫り高き毛皮

次に動物園に行ったのは、滝本と会ってから三日後のことだった。栄三郎さんと一緒に来た僕らは、サル山の前で滝本と妹さんを待っていた。ちなみに安次朗さんは用事があるとかで、今日は来ていない。

「滝本くんの妹さんじゃ、きっと元気もんなんだろうね」

「プロレス好きだったりして」

僕と栄三郎さんの会話を、鳥井はつまらなさそうに聞いている。すると、門の方から滝本らしき二人連れが近づいてくる。しかし連れの女性は、予想に反してとても小柄で華奢なシルエットだった。僕と栄三郎さんは、思わず顔を見合わせる。それに気づいた滝本が、彼にしては珍しく照れくさそうな顔で手を上げた。

「よぉ」

「おお滝本さん、こんにちは。これまた可愛い子を連れてきたね」

栄三郎さんの言うとおり、近くで見ると彼女はより一層可愛かった。色白の小さな顔に、ほんのりとピンクの唇。ふわふわとした生地のコートを着て、ストレートの髪を長く伸ばしている様は、まるでお人形さんだ。

「滝本美月です。兄がいつもお世話になってます」

ぺこりとお辞儀をした彼女が、じっと僕を見る。黒目がちの大きな瞳に、僕はなんだかどぎまぎしてしまう。

「あ、こちらこそ。お兄さんから聞いてるかもしれないけど、僕は坂木で、そこの無愛想なのが鳥井です。で、こちらが」

と僕が紹介するよりも早く、栄三郎さんは美月ちゃんの手を握っていた。いつもながら、見事な素早さだ。

「木村栄三郎。歳は離れてるけど、友達だよ。エイちゃんと呼んでおくれ」

「はい。よろしくお願いします」

握手をしたまま、美月ちゃんは小首をかしげてにっこりと笑う。なんというか、少女漫画に出てきそうな、浮世離れした可愛さが彼女にはある。僕の妹とはえらい違いだ。それを横目で見ていた滝本が、なぜかため息をつきつつこう言った。

「こいつ見た目はおとなしそうだけど、かなりのわがまま者なんだ。坂木も栄三郎さんも、無理に仲良くしなくてもいいからな」

「なによお兄ちゃん、失礼ね。私はこれでも社交的なんだから」

ぷっと頬をふくらませた彼女に背を向けて、滝本は大げさに肩をすくめる。仲の良さそうな兄妹で、僕はほっとした。しかしその間も鳥井はただ、つまらなさそうに冬空を見上げている。

今日は雲一つない、澄んだ空だ。

園内を歩き出した僕は、あたりを見回している。大丈夫。今日は谷越の姿は見えない。

滝本と別れた後、僕はさっそくかつての級友に連絡を取った。そいつは谷越との事件の後、近づいてきてくれた友人の一人だ。彼の情報によると、谷越は今会社員だという。ただ、どういう会社に勤めているのかははっきりとしなかった。「確か社会人になって初めてのクラス会で、あいつはみんなに変わったジュースや菓子の詰め合わせを配ってた」という記憶から、「多分、輸入食品会社とか商社の営業じゃないのか。あいつ、派手好きだし」と彼は推理した。

しかし、だとしたら谷越はなんであの日、動物園なんかにいたのだろう。およそ谷越という人間に、この場所は似合わない。やはり近くに仕事があった際の、時間つぶしだろうか。それとも、年月とともに彼もおだやかに変わったのだろうか。だが、ここは公園ではない。若いサラリーマンがわざわざ入園料を支払ってまで立ち寄るだろうか。考える材料が少なすぎて、僕の推理はすぐに行き詰まってしまう。

ペンギンのプールを横目に見ながらぼんやりとしていた僕の耳に、鳥井のつぶやきが届いた。

「あの猫……おかしいな」

声に導かれるように鳥井の見つめる方向を向くと、そこには一匹の茶色い猫が歩いていた。通路脇の茂みから出てきた猫は、遠目に何度も頭を上下させている。まるで、何かを吐き出したいかのように。僕は栄三郎さんに動物園の職員さんか松谷さんへ連絡してもらうよう告げると、猫を追いかけることにした。

決して早いスピードではないのに、なかなかその猫のそばへ寄ることはできなかった。というのも、猫は僕らを怖がってしまい、狭い方狭い方へと進んだからだ。すると、鳥井が珍しく行動に出た。がさがさと音を立てながら、脇から茂みに入ってゆく。

「俺が茂みの奥に先回りして通路へ追い出すから、坂木が捕まえろ」

「ええ？　僕が？」

「絶対逃がすなよ。わかったか」

気乗りのしないまま僕は、茂みから猫が飛び出してくるのを待った。

「あ、来た！」

美月ちゃんの声を合図に、僕は茶色の毛玉に手をのばした。案の定、ひどくおびえた猫は僕の腕の中で暴れまくり、僕の服は毛だらけ、手はひっかき傷だらけになった。しかし、抱き上げた瞬間に感じた驚きのせいで、僕はしばらく痛みを忘れていた。

「くっさ！　なんだ、これ？」

滝本がおおげさに鼻をつまんだ。それを聞いたかのように、猫がくしゃんと身体を震わせる。

「ずっとくしゃみをしてたから、おかしな動きだったんだ」

枯れ葉をつけた鳥井が、茂みの奥から出てきた。

「でも、なんだろうこれ。香水かな？」

「にしてはなんか……」

男三人が首をかしげていると、美月ちゃんがふと猫に鼻を寄せる。

「香水にしてもこれ、変わってる。すっごくウッディーだもん」

「ウッディー?」

思わず聞き返すと、鳥井が答えてくれた。

「森の香りっぽいってことだ」

「そうそう。それに甘さが少ないし、すっごく男性的」

「でも、なんでそんなことするんだ? 撃退スプレーってわけでもなし」

首をかしげる僕らのもとに、松谷さんと栄三郎さんが息を切らして追いついてきた。

「この子ですか? 捕まえてくださったんですね。ああ、ありがとうございます!」

僕から猫を受け取った松谷さんは、やはりその香りに眉をひそめた。

「なんか、香水みたいなものをかけられたみたいです」

「ひどい! 動物にとって嗅覚は、人間よりもよっぽど大事な感覚なんです! それをいきなり奪われるなんて……」

松谷さんは香水まみれの猫を抱きしめたまま、目に涙を浮かべる。その背中を、栄三郎さんは優しく叩いた。しかし鳥井はそんな彼女に向かって、冷たく言い放つ。

「とっとと獣医の所へ連れて行け。お前の感傷でこの猫が楽になるわけでもなし」

「そんな、ひどい……!」

あまりの言われように、松谷さんが呆然と鳥井を見つめた。僕はその場をなんとか収めよう

と、口を開きかけた。そのとき。

「でも、もっともな意見だわ。あなた、ここの人よね？　だったら泣くより先に、するべきことがあるんじゃないの？」

その声の主は、美月ちゃんだった。いっそ冷たいとも思えるほどの冷静な状況判断。まるで鳥井のような発言をした彼女を、全員がふり返る。

「すぐに洗えばいいだけでしょ？　だってこの猫、どこも怪我してないみたいだし」

そのはっきりとした物言いに、松谷さんは毒気を抜かれたようにこくりとうなずく。僕らはそのまま、彼女について獣医さんのいる建物に向かった。


おびえる猫を診察台の上に乗せ、獣医さんは洗う前に診察をする。

「なんですかね、確かに香料であることは間違いないんですけど、いわゆる香水って感じもしないなぁ。アルコールというか、エッセンス的な揮発材を感じないんですよ。それにしても、派手にふりかけられたもんだ。ま、外傷もないしふらついてもいないから、多分大丈夫でしょう」

簡単なカルテを作ってから、獣医さんは猫をシャワーで洗いはじめた。あたりにはもうもうと湯気が立ちこめ、最初は暴れていた猫も途中から諦めたように静かになった。

「先生、この猫は雄？」

突然美月ちゃんが口を開いた。

「ああ、そうだけどどうしてだい？」

「じゃあ、合ってたのね。この匂い、もし香水なら男性用だなって思ったから」

「おい、ずいぶんお洒落にされたもんだな、お前」

苦笑しながら、獣医さんは猫にドライヤーをかける。その間、鳥井は猫がいた診察台の上を触っていた。何か、犯人の証拠でも落ちているのだろうか。

「はい。一丁上がり。このままお屋敷の猫になれそうだぞ」

風呂上がりの茶猫は、確かに見違えるように綺麗になった。もう鼻もたれていないし、なんだかペットショップで売っていてもおかしくないような感じだ。

「でもこの子、またノラになるんですよね。今が一番寒い時期なのに、ひとりぼっちで雨露をしのいで……」

松谷さんのつぶやきに、僕はぐっと胸を突かれるような気がする。そう、これで救われたわけではないのだ。

「じゃあ、明子ちゃんが飼えばいい」

こともなげに、栄三郎さんが言うと、彼女は言葉を詰まらせる。

「でも、うちはペット駄目だし……」

「ここにいる皆に飼ってくれる人はいないのかって聞けば？」

美月ちゃんの言葉にも、彼女は首をふる。

「そんな無理なお願い、できない」

「どうして？」

「だって……」

松谷さんは口ごもる。その先は、誰もがわかったことだろう。野良猫は、この猫だけではないのだから。救いたくても救えない者を目の前にしたときのやるせなさ。それを僕はよく知っている。

その沈黙をさえぎるように、鳥井が口を開いた。

「猫の匂いは、今日つけられたものじゃないな」

「どうして、そんなことがわかるんだい？」

「診察台の上を見ろ。粉が落ちてるだろう。多分、あれが匂いの正体だ」

確かに台の上にはかすかに白い粉が落ちている。

「匂いのする粉ってことは、天花粉かねぇ」

「ああ、タルカムパウダーのこと」

栄三郎さんと美月ちゃんの言葉に、滝本が手を挙げた。

「わりい。俺、どっちもわかんないんだけど」

「シッカロールって言えばわかる？　お兄ちゃん。小さい頃、お風呂上がりにはたいた粉のことよ。今は、粉の香水みたいにして使う大人用も売ってるわ」

「でも、なんでそれで犯行時刻がわかるんだよ」

「滝本、お前、もう少し考える癖をつけたほうがいいぞ」

言いながら鳥井は、その粉を指先に着けて僕の頭にふりかける。

「な、なにするんだよ？　白くなっちゃうじゃないか」

慌ててそれを払い落とそうとする僕の手を、滝本が制した。

「そうか。この猫は白くなかったな。あんなに盛大に匂ってたくせに。つまり、粉をかけられてから時間が経ってたってことだ」

「ああ。表面の粉は振り落とされ、残りは毛の中に入ったり、猫の体温で湿気てくっついちまったってとこだろう」

「でも、なんでそんなことするんだろう。嫌がらせにしては、変わった物を使ってるよね」

「さあな。そこまではわからない。ただ、これでかなり絞られた気はするがな」

鳥井はその白い粉を見つめながら、誰に言うともなくつぶやいた。


その後、鳥井の要望で僕らは動物園事務所の中にいた。目の前にいるのは、ボフンティアをとりまとめている広報課の江畑憲満《えばたのりみつ》さんだ。江畑さんは安次朗さんから事情を聞いていたとのことで、快く会ってくれた。

「それで、ご質問というのは」

「ここに出入りする人間の種類を知りたい。ただ動物園に勤めている者、契約社員などは割愛してもいいだろう。外部からここへ来る者を知りたい」

「ああ、それは色々な職種の人がいますね。ざっと説明すると、土木、造園といった園内を整備してくれる業者さん。それに機械や電気といった部分を整備する人。動物の食物を入札にかけて納入してくれる人。委託扱いになってるのは、パンダの竹とかコアラのためのユーカリなんかの、特殊な物かな。ああ、両生類や鳥類のためのマウスや昆虫みたいな生き餌を持ってくる人もいるか。ちなみにコオロギはうちで増やしてるから、自家製だけどね」

そう言って笑う江畑さんの横で、松谷さんが気持ちの悪そうな表情をしている。ネズミを食べる蛇でも想像してしまったのかもしれない。

「動物は、買わないのか」

「動物商のこと？　そうですね、最近はあまり哺乳類は買わないですよ。昔と違って繁殖の技術も進んだし、国内に頭数も増えたから、他県の園と交換したりしています。鳥類や魚類は現地採取に行きますし、買うのは両生類が多いですかね」

話を聞きながら、僕は妙に感心していた。そう、動物園は初めからそこにあったわけではない。動物を買い、増やし、公園を作り、僕は動物園を子供の視点からしか見ていなかった。よく考えればすぐにわかることなのだけれど、僕は動物園を子供の視点からしか見ていなかった。動物と、せいぜい飼育係の人しか見えていなかった僕の視界。しかし鳥井の質問によって見えてくる動物園は、様々な業種の人が行き交う複雑な仕事の場所だった。

「ゴミは、どうしてる」

「量が多いですからね、やはり業者に委託してますよ。一般ゴミは普通に出して、敷藁や排泄物などは堆肥にして再利用してます」

これだけの生き物が暮らしているのだから、トラックで取りに来てもらわなければいけないのだろう。そんな簡単なことすら、僕は考えたこともなかった。しかし鳥井は、さらに一歩踏み込んだ質問をする。

「動物の死体は、ゴミで出すのか」

「小動物は、園内にある焼却炉で火葬にしています。そこで焼けないほど大きな動物の場合は、葬儀社に委託しますね。病理解剖や標本にしたい場合は、隣の科学博物館に渡してしまいますが」

ここにはヒヨコや兎をメインにしたふれあい動物園もありますからね、と江畑さんは複雑な表情で笑った。こういう言い方をしたくはないけれど、命の回転が早いのだろう。身体の小さな生き物には、生きる時間が短いものも多いのだと聞く。

無邪気に動物を眺めていただけの僕には、こうして日々営まれるたくさんの生と死が見えていなかった。それは、本当に恥ずかしいことだと思う。僕は大人になったくせに、見えるはずの背景を見ようともしなかったのだから。

「あの、ちょっといいですか」

そのとき、美月ちゃんが手を挙げた。

「さっき、獣医さんのいる病院棟へ入ったんですけど、獣医さんは職員だとしても、薬はどこから買ってるのかしら」

その質問に、鳥井は初めてきちんと、彼女の方を見た。今まで一緒に行動していたのに、鳥井には美月ちゃんが見えていなかったのかもしれない。

「ああ、まだ薬があったね。そっちは薬の商社が入札で納入してますよ。人間の病院と、購入のシステムはそう変わらないんじゃないかな」

「人間の薬とは、違うのか」

「いえ。一応家畜用というのもありますけど、ほとんど変わりませんね。製薬会社も人間用と同じ所が作ってますし」

「来るのは、どれくらいの頻度だ」

「ふた月に一回くらいですね。今は風邪が流行ってますから、週に一度は来ますけど」

人間と同じ薬を使う種も多いと聞いて、僕は単純な感動を覚えた。

「だって、同じ哺乳類ですからね。身体の仕組みが似ている以上、薬も同じになりますよ。量や薄める比率が変わるだけです」

そう。僕に効く薬は動物にも効く。僕らはやはり、同じ進化の木から枝分かれした生命なのだ。そう考えると、僕と猫とを隔てるものなどないような気になってくる。同じ器官を持った、同じ命。そう感じてしまえば、邪険に扱えるはずもない。

「その薬だが、今回のことであんたたちは迷惑を被ってるんじゃないのか」

「どういう意味ですか？」

「この松谷が持ち込む患畜は、全て野良猫だ。つまり、この動物園の予算の範囲外の動物に、獣医と薬をさいてやっていることになる」

「ああ、そういうことですか。確かに、少々難ではありますね。でも実際問題として、目の前で苦しんでいる動物を助けないわけにもいきませんよ。松谷さんでなくても、来園者が届け出る可能性だってあるわけですし。

それにこれは経営の立場から言わせてもらうと、皆さんは弱った動物がうろついている動物園に来たいと思いますか？」

やはりというべきか、この話題の間、松谷さんは下を向いたまま、僕らを見ようとはしなかった。

「まぁ、好印象にはなりにくいわね」

「そうでしょう。これは死んだ魚の放置されている水族館のようなものです。だから今回のようなケースは、治療するよりほかに仕様がない。そういった意味でも、私は鳥井さんに期待しています。ぜひ、犯人を見つけていただきたい」

江畑さんはそう言って頭を下げる。しかし鳥井は憮然とした表情で、うなずくでもなく手元の職員職種別配置表を眺めていた。


昼も近くなったので、僕らは園内のレストハウスで昼食をとることにした。学食のようなセルフサービスの食堂は、季節はずれのせいか客は僕らだけだった。松谷さんはボランティアのシフトがあるとかで別行動になり、食卓についたのは滝本兄妹と栄三郎さんに鳥井、そして僕だった。

注文のカウンターに並ぶと、誰からともなく「まずくておいしい物」の話になった。

「こういうところに来るとさ、やけにラーメンとか食べたくならない？　それも醤油味で、ほうれん草とメンマとネギがのってるやつ」

「俺はカツカレーだな。具がほとんどないカレーに膜が張ってて、コップの水にスプーンを入れてから食うんだ」

「いやいや。ここはやっぱり天ぷらうどんだね。発泡スチロールのどんぶりに入ったやつに、たいして辛くもない七味をこうかけて……」

鳥井と美月ちゃんが冷たい視線を送る中、僕らは妙に意気投合してしまった。

「あとあれ！　新幹線とかの薄っぺらいサンドイッチ！　ハムがピンク色の線くらいしかないやつ」

「おれは結婚式の引き出物で貰う、かちんかちんの赤飯だね。折り詰めから出そうとすると、割り箸が折れるような」

「高速のサービスエリアの食べ物も捨てがたいぜ。アメリカンドックに、でっかいポテトフライ。なんでも串に刺しゃいいって感じがたまんねえよ。たこ焼き串とかな」

カウンターの前で盛り上がっていると、そこで注文を待っていたおばさんが苦笑いしながらこう言った。

「あのね、期待に添えなくて申し訳ないんだけど、ここは近くにあるレストランから運んだ料理をあたしが温めてるだけだから、まずくなりようがないの。おいしいわよ」

「あ、すみません。変な話ばっかりして」

「いいのよ。何にする？　ちなみにおすすめはハヤシとシチューよ」

それを聞いて、滝本がふり返る。

「美月、何がいい？」

「ホワイトシチューか、ハンバーグ。お兄ちゃんどっちか食べて」

「おう。じゃあその二つに、ライス大盛りで」

滝本の良いお兄ちゃんぶりに、僕は微笑ましい気分になる。

「鳥井は、どれにするんだい」

「ビーフシチュー」

僕と栄三郎さんはハヤシライスを頼み、ようやく全員で食卓についた。おばさんの言うとおり、料理はどれもきちんとした洋食屋の味がしてなかなかのものだった。鳥井はシチューのデミグラスソースを、真剣な表情で味わっている。きっと自分のソースと比べて、研究しているのだろう。

ふと、暇そうなおばさんに最近の猫のことを聞いてみようという気になった。カウンターへ皿を下げるついでに、僕はそれとなく猫の話を持ちかけてみる。しかしおばさんはレストハウスからほとんど出ないので、その話には詳しくないと言う。

「でも、その松谷さんて子は知ってるわ。若いボランティアさんの間で、噂になってたから」

「噂？」

「そう。なんでかね、あの子、男の子と女の子では評価が分かれるのよ。男の子はおおむね気に入ってて、つきあいたいと思ってる子も何人かいるらしいの。でも、女の子からはあんまりよく思われてないわね」

「どうしてですか？」

僕が身を乗り出すと、おばさんはふっと笑った。

「あなたも男だからね、わからないかもしれない。でも、あの子は同性から見れば一目瞭然。若い人の言葉で言えば、ぶりっこってやつよ」

それはもう若い人の言葉じゃないです。僕は喉元まで出かかった台詞をぐっと飲み込んだ。

「つきあいたいってアプローチしてくる相手に、あたしはわかりませんって態度をとるのよ。断るでもないし、誰か一人に決めるでもないから、あの子のまわりには彼氏予備軍がたまっていくわね。そういうの、罪な女って思われてもしょうがないでしょう」

なるほど。彼女は要するに、優しすぎるんだ。猫に対しても、人に対しても同じで、断ることと、切り捨てることができない。それを思わせぶりととる人もいれば、優しさだととる人もいるだろう。鳥井や美月ちゃんは、明らかに前者だと思うけど。でも僕は、そういう気持ちがよくわかる。だから松谷さんの悪評を聞くのは、ちょっと辛かった。

「もういい。お兄ちゃんのハンバーグちょうだい」

隣で美月ちゃんがシチューの皿を滝本の方へと押しやっている。しっかりしてそうに見えても、意外と子供っぽいところがある。それとも、久しぶりに会ったお兄ちゃんに甘えているんだろうか。

「なんだよ、相変わらず小食だな。もっと食べるようにならないと、大きくならないぞ」

「私はこのサイズで充分。ん、ハンバーグもおいしい。ね、ソフトクリーム買ってきてもいい?」

「お前、ハンバーグも一口しか食ってねえだろ。こら!」

止める滝本をふり返りもせずに、美月ちゃんは外のスナックスタンドへと向かった。当然のように、手ぶらで。

「ああ、もう! これだからやなんだよ!」

滝本は残った料理をものすごい勢いでかきこむと、勢いよく立ち上がって美月ちゃんの後を追った。

「ほうほう。これはなかなかのかかあ天下、もとい妹天下だね」

なぜだかにやにや笑いながら、栄三郎さんがお茶をすする。そして僕の皿の前には、いつの間にか五百円玉が置かれていた。

「もしかして、鳥井」

「そこのソフトクリームはうまいらしい。おごってやるから、買ってこい。栄三郎は」

「おれはいいよ。冷えちまうからね」

返す言葉もないままに、僕は五百円玉を握りしめて子供のようにおつかいに出た。先にスタンドに着いた美月ちゃんは、嬉しそうにソフトクリームを舐めている。

「坂木さん、これ本当においしいですよ。乳脂肪分がすっごく濃いんだって」

「なんだ坂木、鳥井のおつかいか」

「うるさいな。僕も食べたいんだよ」

言い訳のように、僕はソフトクリームを二つ頼んだ。レストハウスに戻る道すがら一舐めすると、確かにミルクの味が濃い。これなら冬に食べても美味しい。いや、むしろ暑い季節にはしつこく感じてしまうほどだろう。なにしろこのアイスは、まるでケーキを舐めているような味わいなのだから。


窓に近寄ると、鳥井と栄三郎さんが話している姿が見えた。他に人がいないせいか、心なしか鳥井はリラックスしているように思える。いつか、こうした風景が当たり前になるのだろうか。自由になった鳥井と外で待ち合わせたり、鳥井が出会った誰かと引き合わせてもらったり。そのとき、僕は笑えるのだろうか。楽しそうに僕の知らない人と笑いあう鳥井を見て心から祝福できる、そんな日が来るのだろうか。ふと見れば空はいつしかうっすらと曇り、冬らしい弱い陽があたりを照らしていた。

買ってきたソフトクリームを、しかし鳥井は無言で受け取った。ついさっきまでは話していたのに、どういうことなのだろうか。僕が首をかしげていると、栄三郎さんが「考え事に入ったみたいだぞ」と教えてくれた。どうやら、鳥井には事件の糸口が見えてきたようだ。どこか一点を見据えたままアイスを食べる鳥井は、クリームがたれてもお構いなしで、僕ははらはらする。紙ナプキンをやはり無言で受け取り、機械的に口をぬぐうと、鳥井はやっと僕らの方を向いた。

「帰る。けど帰り道に見たいものがある」

そしてまたしばらく考えた後に、こう言った。

「滝本たちは、来なくていい」

それが鳥井なりの最大限の気づかいだとわかるまで、僕にはしばらく時間がかかった。口を開きかけた美月ちゃんに、滝本が説明する。

「多分、見てもつまらないところに行くんだろ。お前は、俺がちゃんと遊びに連れてってやるから」

そう、鳥井は滝本兄妹のことを気にしていたのだ。だから別行動を勧めた。まあ、彼のことだからいいかげん初対面の美月ちゃんといるのが鬱陶しくなってきただけのことかもしれないが。しかし、意外なことに美月ちゃんは首を縦に振らなかった。

「いや。私もついていく。ここまで聞いちゃったからには、この事件の顚末が気になるもの。観光なんかいつだってできるけど、こんな体験はそうそうできないし」

「でも美月」

「行くったら、行く。お兄ちゃんが一緒ならお母さんだって怒らないし。それともお兄ちゃん、美月のお願いを聞いてくれないの？　私が、一緒に行きたいって言ってるんだよ？」

美月ちゃんの言葉に、栄三郎さんが不思議そうな表情をする。確かにちょっと、この我の張り方はおかしい。美月ちゃんは、この春から短大に入る十八歳。なのにこの子供のようなわがまま。これではまるで鳥井だ。さっき冷静に喋っていたときとは、印象ががらりと違う。そしてもっと不思議なのが、滝本の対応だ。彼の性格からして、こういうときは明るく相手の頭を一つはたいて終わりにしそうなものを、なぜか腕を組んだまま考え込んでいる。そして。

「……しょうがないな。そのかわり、おとなしくしてるんだぞ」

「わかってる。お兄ちゃん、大好き」

満面の笑みを浮かべた美月ちゃんは、それは可愛らしかった。第三者の僕がそう思うのはいいとして、実の兄である滝本までがにやけているのはどうしたことだろうか。僕はふと、実家での滝本はどんな顔をしているのか気になった。

早めの昼を終えて動物園の正門を出ると、鳥井は駅とは反対の方向に歩き出した。この先は、いくつかの博物館や図書館が並ぶ公園になっている。冬枯れの道を進みながら、鳥井は左右を見回している。しかしこのあたりはまだ公園で、雑木林が広がるばかりだ。その林の中には、青いビニールシートがいくつも見え隠れしている。ホームレスの人が多い場所なのだろう。美月ちゃんは少しおびえた様子で、この風景を見ていた。それに気づいた滝本が、明るい調子で声をかける。

「美月、ここのおっちゃんたちは、怖くないぞ。なにしろみんな礼儀正しいからな」

「そうそう。ヤスちゃんに聞いたんじゃが、ここに住むひとたちは、きちんとしていないと公園事務所から立ち退きを命じられてしまうんだそうだ。だから毎日掃除をしたり、通行人とトラブルを起こさないようにしているんだと」

「ホームレスになっても、最低限守るべきことはあるんですね」

「まあな。自由っていうのは何をしてもいいってことじゃないからな。それぞれの世界に、それぞれの仁義があるのは当然のことだろ」

それぞれの世界の、それぞれの仁義。僕はふと、僕が守るべき仁義について考えた。

しかし、そうとわかっていてもなんとなく怖いのが人情だ。そんなことは考えもしないのか、鳥井は無遠慮に柵の中をじろじろと眺めている。何を探しているのだろう。そのとき、帽子をかぶった年齢不詳の男が背中を丸めて近づいてきた。僕は思わず後ずさりをしそうになったけれど、背後に美月ちゃんがいることを思い出し、かろうじて踏みとどまった。

「あんたたち、なんか用かい」

男は顔を上げずに静かに喋る。野球帽のつばのせいで、その表情もまったくわからなかった。僕は困惑したまま、鳥井を見つめる。初対面の、しかもホームレスの男と鳥井は話すことができるのだろうか？　しかし僕の心配をよそに、存外すんなりと鳥井は口を開いた。

「……ここに、お人好しで頭のとろい奴はいるか」

「人捜しかい？　そういうのはお断りだよ」

ほんの少しだけれど、男の口調に凄みが混じった。それをさえぎるように、滝木が間に割りこんでくる。

「おっさんおっさん、違うって。俺たちは顔見知りを捜してるわけじゃない。動物園の人に頼まれて、ある事件を調べてるんだ」

「動物園の人に？」

「江畑っておっさん。知ってるかい」

「ああ、あのひと」

ふっと、男のまとう空気がゆるんだように見えた。

「そう。困りごとがあるって頼まれたのさ。で、それについて知ってそうな奴をこいつが推理しただけだからさ、教えてほしいんだ」

「それを教えたら、俺たちの仲間は悲しい目にあうかな」

男は仲間を守ろうとしている。落ち着きなく足もとの砂利をかきまわしながら、僕らの出方をうかがっている。これが彼の仁義なのだろうか。

「あわないってさ」

滝本が鳥井をちらりと見ると、鳥井はそれに応えて軽く首をふる。

「本当かい」

「ああ。第一俺たちを見ろよ。女と年寄り連れて、何するってんだ」

「まぁな。とりあえず江畑さんの顔を立てるよ」

ゆっくりとうなずいた男は、鳥井に一人のホームレスの名前を告げた。

「お人好しでとろいのは、ガンちゃんだ。あんたのいうとろいってのがそういう意味かどうかわからないけど、ガンちゃんはなんていうんだ、その、頭が……」

「知恵遅れなのか」

「そんなもんだね。でも、すごくいい奴だよ。いっつも動物園に行って、なんか話しかけてる。ハウスにも野良猫を集めちまって、自分の食いぶちまで危うくする始末だ」

男の言葉に、全員がはっとした表情を浮かべる。動物園に、猫。それにここの近所に住む者。条件が揃いすぎている。しかしその直後、栄三郎さんが鋭い質問を投げかけた。

「けど、言ったら失礼だが、そのガンちゃんという人に収入はあまりなさそうだ。なのにどうして、そうそう動物園に入れるのかね」

そう、入園料だ。自分の食事まで猫と分け合っている人物が、しょっちゅう入園料を払えるはずがない。

「そいつは、手帳みたいなものを持ってないか」

ぼそりと鳥井が問いかける。手帳とは、何のことだろう？　男は腕を組んでしばらく考えていたが、はたと気づいたように口を開いた。

「ああ、持ってるかもしれない。ガンちゃんはいつも首になんか下げてたから。俺はてっきり迷子札かと思ってたんだが」

「ならいい。そいつの家に行ったことがあるか」

栄三郎さんの質問を置きっ放しにしたまま、鳥井は自分のペースで質問を続けた。

「あるけど、なんだい」

「怪我をした猫はいなかったか」

「見ないね」

「香水みたいなものは」

鳥井の言葉が、どんどん削ぎ落とされていく。これはそろそろ、限界に近いのかもしれない。

行き先の見えない会話に業を煮やしたのか、男がぞんざいな口調で言った。

「そんなもんあるわけない。あんた、いったいなにが聞きたいんだ」

仕方がないので、僕が鳥井の代わりに男に猫が負傷していることなどをかいつまんで話す。

すると男は、ものすごい勢いで頭をぶんぶんと振った。

「あり得ない話だ。ガンちゃんはとにかく生き物が大好きだし、そもそも俺たちは誓ってそんなことはできない。帰ってくれ」

「疑ってるわけじゃないんです、ただ」

「もういい。とにかく俺たちにとってそれは絶対にあり得ない話だ。もうこれ以上聞くことがないなら、俺は帰るよ」

「でも」

追いすがる僕の肩を、滝本が摑む。

「ありがとう、おっちゃん。これ、封を切ってて悪いんだけど」

そう言いながら煙草の箱を男に向けて放った。男は箱を受け取ると、軽くうなずいて僕らに背を向けた。

男が去ったところで、美月ちゃんがほっと息をついた。やはり緊張していたんだろう。さらに鳥井は、もう目を開けているのも鬱陶しいといった風情で柵に寄りかかっていた。彼の限界を感じた僕は、皆にそろそろ帰ろうかと提案する。

ゆるゆると駅までの道を歩きながら、僕はあたりを眺めた。来るときには気づかなかったホームレスの姿が、やけに目につく。それはきっと、この場所に重なり合うもう一つの世界を僕が垣間見たせいだろう。道の真ん中を行き交う観光客では見えなかった世界。それもまた、鳥井が教えてくれたものだ。

地下鉄に乗り込むと、暖かくてほっとした。歩いていたのでさほど寒さは気にならなかったのだけれど、やはり寒風にさらされて身体がこわばっていたのだろう。始発に近い駅なので、僕らは並んで座席に腰を下ろした。

「それにしても滝本、あれは見事だったな」

「ん？　何が」

「ホームレスのおじさんとのやりとり。さすがおまわりさんだよなぁ」

「うん、お兄ちゃん、格好良かったよ。物慣れてるって感じがして」

僕と美月ちゃんが口々に褒めそやすと、滝本は実に複雑な表情になった。

「……まぁ、ああいうおっちゃんと話すポイントを俺が知ってたってだけの話だよ」

「でもなんで江畑さんの名前が通じるってわかったんだい？」

ふと疑問に思ったことを口にすると、滝本の代わりに鳥井が答える。

「あそこに住んでる以上、ホームレスは動物園の関係者と無関係じゃすまない。しかも江畑は広報やボランティアの統括など、動物園周りの人間関係には詳しいだろう。つまり、ホームレスと口をきく可能性が高い。ダメもとで出す名前としては、最適だ。それにホームレスは場所によって縄張り意識が強い所があるから、見ず知らずの奴に情報は与えない。知りあいの名前を使えるなら、それが一番の早道だってことだ」

相変わらず、こういう知識をどこから仕入れてくるのか。そして、知っているくせにあんな無愛想な切り出し方しかできない鳥井がおかしい。滝本がいてくれなかったら、どうするつもりだったのだろう。

「そういうこと」

滝本らしからぬ、短い返事。このとき僕は、あることに気づくべきだった。

「やっぱおまわりさんをやってるから詳しいのかな。先輩から教えてもらうのか？　ああ、そういえばこないだ言ってたね。交番相談員に、大先輩が来たって」

この時、帰り道の気安さで口を滑らしたのだと、僕はしばらく気づかなかった。

「交番相談員ってのは、どういう役割なんだい。おれは初めて聞いたよ」

栄三郎さんの質問に、滝本は微妙な笑顔で答える。

「栄三郎さん、見たことないかな。最近、交番に背広で腕章着けたじいちゃんがよく立ってるんだ。それが交番相談員。正体は、退職した警察官だよ」

「引退後のバイトってとこかい」

「まあな。現職の俺らが警邏に出かけちまうと、どうしても交番が無人になるだろ。その間にも困った人はいるわけで、それなら逮捕なんかの権限はないけど、俺らに連絡を取ってくれる留守番がいてくれた方がいい。ちなみに主な仕事は道案内と遺失物届けの作成だ。確かに、案内は経験があった方がいいしな。そういうわけで出来た制度だよ。ま、どこも人手不足ってこった」

「なるほどなるほど。うまいこと考えたもんだなあ。需要と供給がぴったりだ」

「でもな」

いつもの笑顔をくしゃりと歪ませて滝本が頭をかく。

「え？」

「いや、なんでもねえ。ただ、じじぃがみんな栄三郎さんみたいだったら楽なのにな。そう思っただけだ」

「そうよね。こんな楽しいおじいちゃまばっかりだったら、私も道をたずねやすいな」

はしゃぐ美月ちゃんに、栄三郎さんが頬をゆるませる。そんな中、鳥井がぼそりと言葉を発した。

「お前らしばらく黙ってろ。気分が悪い」

「ああ、ごめんよ。疲れたかい」

鳥井は顔をマフラーに深く埋めながら、何かを拒否するかのように目を閉じる。

「ここで吐かれたくなかったら、静かにしろ」

その声が、予想外に真剣だったこともあって、僕らはぴたりと口をつぐんだ。そんな中、滝本はぼんやりと向かいの車窓を眺めている。そこには、黙ってうつむく鳥井の姿が映っていた。

地下鉄は静かに暗闇を走り抜けていく。なんとも言えない沈黙を孕んだ僕らを乗せて。

第五章　都市の夜行生物館

遊んだ次の日の出社は面倒なものだ。僕は眠気と寒さに苛まれながら、会社までの道を急ぐ。灰色の空に、灰色の街並み。どうにも気分が沈んでくる。その背中を、力一杯叩く者がいた。

「よお！　珍しいな。朝会うなんて」

相も変わらず体育会系のテンションの高さ。底抜けに明るい表情。彼は吉成哲夫《よしなりてつお》。僕の同僚であり大切な友人だ。

「なんだよ、朝からしけたつらして。さてはまたなんか人とのことで悩んでんだろ」

「わかる？」

「わかるわかる！　坂木がどんよりして歩いてるときは、まず人間関係だろうからな」

単純な性格の吉成にまで悩みを見抜かれるというのは、いかがなものか。僕はポーカーフェイスではないけれど、そこまで考えが顔に出るタイプでもなかったはずだ。そんなことを考えると、僕はまた別の意味で落ち込んでしまった。

動物園に行った日、僕はいつものように鳥井を送って彼のマンションまで行き、そこで夕食を食べて帰った。地下鉄で具合が悪いと言っていたわりに鳥井は自分で料理を作り、しかもよく食べた。その帰り道、コーヒーでも買おうとコンビニに立ち寄ったところ、ばったりと小宮くんに出会ったのだ。小宮くんは滝本の後輩に当たるおまわりさんで、眼鏡をかけた童顔の青年だ。どうやら仕事帰りらしく、私服でサンドイッチを選んでいた。

「あ、坂木さん。こんばんは。今帰りですか?」

「ああ。そっちもかい?」

「はい。でもなんか疲れちゃって、食堂でちゃんとしたものを食べる気力がないんですよ」

小宮くんは滝本と同じく、警察の寮に住んでいる。だから寮で出る食事をとってもいいのだけれど、半端な気分だから弁当を買いに来たという。僕は小宮くんに誘われ、店内のイートインスペースに、紙コップのコーヒーを持って移動した。

「どうせ寮に帰っても、一人で食べるだけだったから」と小宮くんはサンドイッチの封を切りながら笑った。その顔にはなるほど、疲労の色が濃い。

「最近は、そんなに忙しいのかな」

「いえ。事件的には特にありません。むしろ暇なくらいで。でも、それが仇になってるっていうか……あ、滝本先輩から何か聞かれましたか」

「なにか、ってなにかあったのかい」

そのとき、小宮くんはまるで昨日の滝本のように微妙な表情をした。そこでやっと僕は、二人に共通の悩みがあるのだと思い至った。

「小宮くん。君たちの仕事についてはよく知ってるから、話せないことは話さなくていいよ。

でももし、それが口にしてもいいことなら僕にも聞かせてくれないか」

小宮くんの手の中で、サンドイッチの包みが乾いた音を立てる。彼はしばしの間、下を向いて考えているようだ。そして顔を上げ、僕にとっては予想もできなかった答を口にした。

「簡単に言うと、職場の人間関係で困ってるんです」

「え？　つまり、警察官同士でもめごとが？」

「もめごとにもなりません。なにしろ相手は、大先輩なんですから」

ごく最近聞いたフレーズに、僕はようやく話の流れが見えた気がした。確か、滝本も『大先輩』と言い、その上「じじぃがみんな栄三郎さんみたいだったら」とつぶやいてはいなかったか。それはつまり。

「新しく来た交番相談員の人だ。その人との折り合いが悪いんだね」

「坂木さん、よくわかりましたね。そうです。大先輩が、今どき珍しい『オイコラ警官』の生き残りで、とにかくやりにくいんです」

「『オイコラ警官』……？　なんだい、それ」

「ご存じありませんか。一昔前の警官ってやけに威張ってる人とかいたでしょう。町の人に声をかけるのに『おい、お前』とか『こら、そこの奴』って感じの言葉づかいをする人が」

言われてみれば、確かに僕が子供の頃はそういうおまわりさんもいたような気がする。さいわい近所のおまわりさんが優しい人ばかりだったおかげで、僕は『困ったら交番』という習慣が身についているのだけれど。

「ああ、あったね。だから昔の漫画やアニメには理不尽なおまわりさんが結構出てきてたな」

「そういう社会の風潮を警察も懸念していたんです。だって、町の人に嫌われたら聞き込みだってしづらいでしょう。だから今はできるだけきちんとした口をきくようにしてるんですよ」

なるほど、確かに小宮くんはいつもですます調で喋っているし、あの滝本でさえ初対面の人には「ちょっとすいません」などと声をかけている。僕がそう言うと、小宮くんは「まあ、滝本先輩がそういう声のかけ方をすると、自衛隊の勧誘みたいだってからかわれてますけど」と笑った。

「ともあれ、今の警察官には礼儀も大事なんです。その中に、いきなり前時代的な考え方の大先輩が配置される。これで摩擦が起こらない方がどうかしてます。

大先輩にしてみれば、僕らが不甲斐ないせいで口出ししたくてたまらないんでしょうね。確かに、僕らは礼儀正しくなった反面、警察官として必要な恐さをなくしてしまったんです。昔気質の恐い警察官だったら、そこにいるだけで人に威圧感を与え、犯罪を思いとどまらせる効果はある。だから抑止力としての凄みは必要なんですよ。けど、僕にはそれがない」

僕ら、がいつの間にか僕になっている。多分、小宮くんはそのことで集中的に大先輩のチェックを受けているのだろう。うつむいたままコーヒーをすする小宮くんの、目の下の隈がそのストレスを物語っている。僕はごく身近な二人の悩みに対して、あまりに鈍感だった自分をふり返り、嫌になった。

「滝本も苛々してたんだな。あいつのことだから、きっと盛大にやりあってるんだろう？」

「いえ。言いにくいことですけど、僕らは良くも悪くも極端なタテ社会です。だから僕らの上司も大先輩には注意しづらいし、滝本先輩ですら、最小限の口答えしかできません。でも、僕を庇ってくれているうちに、段々ターゲットが滝本先輩の方に移動しているようで……」

無関心を装う周囲。ターゲットの移動。それはまさにいじめの方程式そのもので、僕は胸が悪くなる。そろそろ深夜にさしかかろうとするコンビニの店内には、やけに軽快な音楽が流れていた。それが逆に心が渇くような寂しさをつのらせる。これが今。これが僕の生きている世界なんだろうか。

「僕が謝っても、滝本先輩は俺の方がこういうのには強いからって笑うんですよ。僕は、僕の無力さがどうしようもなく嫌になりました」

これは、中学生の僕だ。鳥井を助けることができなかった僕と、同じ感覚に小宮くんは陥っている。なんとかしたい。その一心で僕は身を乗り出した。

「小宮くんが悪いわけじゃない！」

「え……」

突然の僕の剣幕に、小宮くんがひるんだような素振りを見せる。

「ああ、ごめん。ちょっと思うところがあって。とにかく、君はこれっぽっちも悪くない。まして や滝本も。だから自分を悪く考えるのだけはやめた方がいい。そう言いたくて」

「ありがとうございます」

生真面目な表情でぺこりと頭を下げる小宮くん。僕は彼の冷静さを嬉しく思う。彼は、優しいけど弱いわけじゃないんだ。すぐに涙を見せる僕とは違って。

「僕の意見じゃ役に立たないかもしれないけど、今は滝本や他の上司との関係をきちんと結んでおいた方がいいよ。後に残る人間関係を大切にするんだ。相手を無視しろとは言わない。ただ、その人より大切な人たちがいることを忘れちゃいけないよ。もちろん、仕事場の外にもね」

「はい」

元気を出して欲しくて、僕はコーヒーのおかわりとシュークリームを小宮くんにおごった。小宮くんは恐縮していたけど、やがて甘い物を口にして少しなごんだ表情になる。

「この間、その大先輩と滝本先輩の間で一悶着あったんです」

「それは、どういう?」

「このあたりは住宅街だから、普段はおかしな人があまりいません。でもつい最近、公園にホームレスが一人居着いたんです。当然、子供を遊ばせているお母さんたちから苦情が出ました。それで僕らが注意に行ったんですが……」

もう、その先は聞かなくてもわかる。

「滝本が優しく接したことに対して、大先輩は怒ったんだろう」

「はい。大先輩は一日の流れを把握しておきたいからと、極力町の様子を僕らに報告させるんです。義務ではないから、断ってもいいんですが。その中でくだんの話が出たんです。以前から滝本先輩の対応が不満だった大先輩は、ことあるごとにホームレスを害虫扱いして、日々通りすがりに暴言を投げつけていました。それでも我慢できなかったのか、ある日大先輩は職務を終えてからその男の所へ行ったんです」

「オイコラ！　こんなとこにいるんじゃねえぞ！　ってやらかしたのかい」

「ええ。第二当務、つまり夜間勤務を含んだ当務の滝本先輩がそこを通りかかったとき、大先輩はホームレスの手を足で踏みつけていたそうです。大先輩は、地面に寝てるから誤って踏んだと主張してるんですが、それは無理な話です」

「そこで、滝本はかっとしてしまった」

「はい。滝本先輩はその人に向かってこう言ってしまったんです。あんたの態度は目に余る。これ以上危害を加えるつもりなら、傷害で引っ張られてもしょうがないと思えと」

正義感に溢れる滝本のことだ。そうなることは火を見るよりも明らかだったことだろう。

「それ以来、関係は最悪です。でもほぼ全員が、滝本先輩の方が正しいと思ってますよ。だって、ホームレスの人を苛めたって本質的な解決にはなりませんからね。

これで大きな事件でもあれば、僕らは必然的に現場に出ずっぱりになるし、大先輩と過ごす時間も減るんでしょうが、それもなくて。

ただ、滝本先輩はあの日以来、公園へ通ってるんです。ホームレスの人を、保護施設に行くように説得してるんですよ。そういうことだって、相手が僕らを信頼してくれなかったら、できないことです」

だから滝本は、あんなにすんなりと上野のホームレスと話すことができたのだ。彼は、自分のことをさほど語りたがらない。けれどその語られない部分にこそ、滝本の誠実さや生真面目さが隠されているのだと僕は思っている。他人がそう言ったところで彼は「いやいや、俺は薄っぺらな人間だから、隠れた部分なんてありえねえよ」などと笑うんだろう。しかし僕には、ときどき真面目な滝本の姿が二重写しのように見えてくることがある。そんな自分を彼が否定したがるのは、きっと正しさやまっすぐさに対する彼なりの含羞《がんしゅう》なのだ。そういった感情の動きは、おかしなことに限りなく鳥井と似ている。

そして小宮くんは、一度深呼吸するように深く息をついてからこう言った。

「僕は……滝本先輩みたいな警察官になりたいんです」

あたたかな気持ちが胸に溢れた。まだ、人を信じることができる。これが僕の生きている世界。ひどく悲しいこともあるけど、ひどく美しいこともあるこの場所。僕は友人を誇りに思う。

なのに僕ときたら、気のきかなさにかけては天下一品だ。帰りの地下鉄で居心地の悪そうな滝本に対し、無神経にこの話題を続けていたのだから。そして強引にその場を黙らせた鳥井。もしかすると、鳥井にはわかっていたのだろうか。

小宮くんと別れて家路を辿る僕は、ぼんやりと地下鉄の中での滝本を思い出していた。あのとき、鳥井は滝本の不自然さを感じ、場を収めたと仮定する。その後滝本は、ガラスに映る鳥井をぼんやりと眺めていた。すると彼にも、鳥井の言動がわざとなのかそうでないかは判別がつかなかったのだと思う。でも、僕は二人の間に通じるものがあった気がする。似たもの同士だからこそわかるような、気づかいあうような、そんな不思議な空気が。言葉も交わしていないのに、どこか通じ合って、わかりあっているようなそんな雰囲気。僕にはそれが一体なんなのか、あの場所では全くと言っていいほどわからなかった。それが少し、ほんの少し寂しい。

第六章　巣の中で食事

「ま、元気出せよ」

　吉成は僕にチョコレートバーを渡して言った。聞くと、輸入物の菓子は海外の本社に行った僕らの同僚、佐久間恭子《さくまきょうこ》さんから送られた物だという。

「外回りで腹が減ったときにでも食べろってさ。俺はもともと菓子で腹をふくらませるタイプじゃないから、あんまりあてにしてなかったんだけどよ、これが意外と腹持ちいいんだぜ。坂木も、落ち込みそうになったらこれでも食べとけよ。人間、冬に腹を減らすとマジで悲しい気分になるからさ」

　吉成にはげまされた後、顧客さんの元を回りながら僕は色々なことを考えた。それにしても、今は考えるべきことが多すぎて、何を一位にしていいのかそこから悩んでしまう。でも、と僕は思う。自分が落ち込むのはやっぱり後回しだ。先に考えるべきことが、まず二つある。

　一つは、やはり猫の問題だ。依頼されたということもあるし、これは解決しなければならないだろう。そしてもう一つは、谷越の問題。これは今のところ手の打ちようがないけれど、僕にしか対処できない問題だけに外すことはできない。

「でも、現実問題として何をすればいいんだろう」

書類を整理しようと立ち寄った喫茶店で、僕は思わず独りごちていた。手はじめに、昨日の記憶を辿ってみる。美月ちゃんを紹介された後、鳥井が見つけた茶色の猫。シッカロールのようなタイプの香水をかけられたんじゃないか、そういう話だった。その後、動物園に出入りする人の話を聞いて、鳥井はホームレスの元へ向かった。その中で僕が力になれそうなことといったら。

僕は目の前のコーヒーを飲み干すと、迷わず駅への道を急いだ。

自動ドアが開いた途端、身体がふわりとゆるんだ。駅からすぐの建物でも、少し外を歩いただけで暖房のありがたみを感じる。ここは都心に近い場所にある、中規模サイズのデパートだ。男には場違いな婦人靴コーナーに向かうと、そこに目指す人物がいた。

「あ、坂木くん。どうしたの、仕事中?」

デパートの制服を着た、華やかな美人が僕の名前を呼ぶ。彼女の名前は巣田香織《かおり》さん。ある事件で知り合ったご近所さんだ。

「うん。ちょっと教えてほしいことがあってさ。化粧品のことなんだけど」

「化粧品?　なに、坂木くんホワイトデーのお返し?」

「ていうかバレンタインがそもそもこれからだし」

「まーね。で、何?　やっぱり鳥井くんの事件がらみなのかしら」

「うん。そういうとこだよ」

ちらりと巣田さんが僕を見上げる。事件と聞いてすごく嬉しそうだ。このぶんじゃチョコレートは期待できそうにない。まあ、もともと貰えるとは思っていないのだけれど。

「化粧品フロアに同期の子がいるから、聞いといてあげる。そのかわりね……」

彼女の言葉の続きは、聞かなくてもわかった。僕は夜に鳥井の部屋で会うことを約束して、デパートを後にした。

チャイムが鳴り、ビニール袋を下げた巣田さんが部屋に上がる頃には、すっかり前菜は出来上がっていた。

「これ。すごいでしょ？　まだ家に二十個くらいあるんだけど」

彼女が重そうに持ち上げた袋の中には、大きなじゃがいもがたくさん入っている。そう。彼女の依頼は「実家から届いた大量のじゃがいもを料理して欲しい」ということだったのだ。鳥井は「なんで俺が仕送りの面倒まで見なきゃならねえんだ」とぶつぶつ言っていたものの、テーマを与えられた献立づくりは嫌いではないらしく、案外楽しそうに料理のウェブサイトなどを覗いていた。

「やったあ、手作りソーセージね。これは予想外の嬉しさ！」

皿の上を見た巣田さんは、飛び上がらんばかりに喜んだ。そして「坂木くん、これ私たち用」と言ってもう一つのビニール袋を僕に渡した。中は当然、ビールだ。僕の好きなエビスと、今日の料理に合わせたであろうドイツの黒ビール。

「あとこれ！　多分必要だと思ったから、地下で買っといたの。ディジョンのマスタード」

「巣田、早く材料を持ってこい。坂木は皿を運べ」

仏頂面の鳥井がキッチンから顔を出し、僕らをうながした。僕らはその命令に、嬉々として従う。なにしろ、つまみがおいしいことはわかっているのだから。

本日の鳥井のメニューは、巣田さんの読みどおりドイツ風だった。というよりは、じゃがいも尽くしと言った方がいいかもしれない。なぜなら前菜はポテトのクリームグラタンに始まり、次は細く刻んだものをまとめて焼いた、ポテトパンケーキ。それから、ただ蒸しただけのじゃがいもと、塩を加えて茹でたじゃがいもの味の比較。これはかなり甘味に差が出ていて、僕にとっては初めての体験だった。そこに有塩バターと無塩バターを添えると、また変化が楽しめる。

「とことん味わってみたいなら、茹でた物と蒸した物、それに直火で焼いた物の比較をすればいい」

「ああ、なるほど。蟹でそういうのよくやるわよね」

バターをからめたじゃがいもを口に運びながら、巣田さんの手は素早くビールのグラスにのびていた。

「蟹の種類によっても、違うんじゃなかったっけ」

ソーセージにナイフを入れると、ぷちんと音がして皮が破れる。慌てて口に放り込むと、ハーブの効いた肉汁がじゅわっと出てきた。絶妙な塩加減。当然、相方のザワークラウトも用意されている。

「そうだ。今日は男爵だけだったからこういうメニューになったが、もし他の芋があったらまた違う物になる」

鳥井も満足げにうなずきながら、パンケーキをぱくついていた。

そんな料理を前にして、僕と巣田さんは飲まないわけがなかった。皿の数だけ乾杯をして、幸せのビールを楽しむ。鳥井は酔っぱらい二人を渋い表情で眺めながら、ガス入りのミネラルウォーターを飲んでいた。

「ところで、おたずねの件だけど」

巣田さんが切り出すと、鳥井の雰囲気がぴりっと変わった。

「粉のタイプの香水、もしくはコロンで男性用のものを扱っているお店はあるか、ってことだったわよね」

そう。僕は猫にふりかけられた香水から、何かヒントを得ることはできないものかと、デパートに勤める彼女に質問に行ったのだ。

「まず、粉のコロンは日本では珍しい物よ。だから基本的に輸入品になるわね。それも欧米の物に。それから、さらに男性用となると条件はもっと狭まるわ。女性用ならバスグッズと共に販売されているけど、男性用は私もほとんど目にしたことがないの」

「じゃあ、手に入れようがないのかい」

「そんなわけねえだろ。ネットで個人輸入をすればすむ話だ」

でも、そこまでして手に入れた品をわざわざ野良猫にふりかける？　しかももし例の『ガンちゃん』というホームレスが犯人だとしたら、そんな人物がインターネットで買い物をするだろうか？　僕の疑問に答えるように、鳥井が巣田さんに質問した。

「ほとんど目にしたことはないが、販売されてるんだな？」

「……かわいくなーい。せっかくホームズを気取ろうと思ってたのに。ねえ、ワトスン君？」

お酒が入っているせいか、いたずらっぽく笑う巣田さんは、まるで少女のようだ。少し頬を染めて、これ以上ないくらいにリラックスしたその笑顔に、僕は引き込まれそうになる。しかし、鳥井はにべもない。

「可愛くなくておおいに結構だ。答は？」

「確実に販売しているのは、一店。新宿のデパートで、唯一男性化粧品のコーナーを持ってるとこがあったわ」

新宿。遠くはないけれど、動物園のある場所との関連性は浮かばない。

「それと、これは微妙なんだけど、上野のアメ横。あそこには化粧品の問屋が何軒かあるのね」

上野！　僕は思わず鳥井と目を見合わせてしまった。ホームレスの公園から徒歩圏内の場所。偶然にしてはできすぎている。

「そこの問屋はカード不可、現金取引のみでほとんど免税品店くらいの安さで売ってるの。でもそういう店だけに商品は一定してないわ。仕入れた物が売れたらそれっきり、というケースがほとんどよ。そこにならば、入荷したかもしれないって友達は言ってたわ」

「その根拠は」

「普段なら、儲からなさそうな男性コロンは扱う店が少ないわ。けど数年前、ある有名な洋服のデザイナーが、自分の服と合わせた男性用化粧品をフルセットで出したそうよ。それは一回だけの限定販売だったから、話題性もあって人気も高かった」

「だから仕入れた店も多かった。従ってアメ横でも」

鳥井が皿の中のじゃがいもをつつきながら目を閉じた。どうやら、何かひらめいたようだ。

「そういうこと。ちなみに『朝起きてから夜寝るまで』をテーマにしたセットだったから、中にはバスグッズも含まれていたの。そこに、粉状のコロンがあったはずだって」

なるほど。セット販売でならあり得たということか。そこで鳥井が口を開いた。

「そしてそのセットはばらされた」

巣田さんは一瞬、大きく目を見開いてからまばたきをくり返す。

「どうしてわかったの？　その通りよ」

「人気商品といえど、売れ残る店もあるだろう。しかもセットでプレミアがついた品なら、安くはない値段がついていたはずだ。それなら、一つずつにばらしてさばいてしまった方がいい。そう考える店主がいてもおかしくない。えてしてプレミアものは、ファンやマニアが買ってしまえば売れ残るもんだ」

「でも、どうしてそこまで売り急ぐんだろう？　生ものでもないのに」

僕の質問に、巣田さんがちっちっと指を振って見せた。

「生ものよ。だって化粧品は直に顔や身体につけるものだもの。当然、使用期限があるわ。古くなったものは色や香りも飛んでしまうし、肌によくないから。

そして旬もあるの。洋服と同じで、流行が存在するんだから、よほどの定番でない限り、シーズンごとに消えるものも多いわ」

「生もので、旬がある。イコールそれは、古くなって流行りから外れた商品は格安だということだ」

「しかも粉のコロンなんて、目立たない商品だ」

「投げ売り、もしかしたらただで貰ってもおかしくない」

僕の頭の中には、アメ横の裏を歩く一人のホームレスが浮かんだ。生き物が好きで、きれいずきかもしれないその人は、憎めないタイプ。もしかしたら、アメ横の人と仲良しかもしれない。もしかしたら、「持ってきなよ。売れ残りだから」なんて手にする物も多いかもしれない。その人は可哀相な猫を獣医さんのそばに連れて行き、汚れた猫にいい香りの粉をふりかける。無邪気に。

「なるほど……」

「坂木、次にあそこへ行くときはお前がホームレス担当な」

「ええ?」

鳥井がさらりと言う。びっくりしたけど、よく考えると僕は決して嫌じゃない。だって悪意の感じられない相手に会うのだから。

そろそろ満腹になろうかという頃、鳥井が「今日のメインだ」と最後の皿を持ってきた。今食べてもおいしくないかも、と囁く巣田さんの前にもそれは置かれる。白い皿の真ん中に、白い何かがほんの少し盛ってある。渡されたスプーンでそれをすくって口に入れると、あっという間に溶けて消えた。喉ごしがいいどころじゃない。ミルクとバターの香りを残して消える物は、それでもじゃがいもの味がした。

「なに、これ……」

「おいしい。お腹が一杯なのに信じられないくらいおいしいよ」

僕らが口々に褒めると、鳥井はほんの少し得意そうに笑う。

「じゃがいものピュレだ」

ていねいな裏ごしと、惜しげもなくバターやクリームを使って練り上げること。それだけでこのとろけるようなピュレはできるのだと鳥井は言う。

「材料が良かったから、それがストレートに出たんだ」

鳥井の言葉に、巣田さんがぱっと笑顔になった。なんでも、このじゃがいもは彼女のお父さんが趣味の菜園で作ったのだという。

「お父さん、すっごい無農薬派なの」

「だからこんなに自然な甘味が出るのかなあ」

「そう。私にはよくわからないんだけど、お父さんは薬を使うと変な味と香りがするって言うのね。おかげで実家の周りには虫が多くて困るってお母さんはこぼしてたわ」

「薬……」

鳥井は突然何かを思い出したかのように、巣田さんの言葉をくり返した。巣田さんは、そんな彼を黙って見つめる。僕たちから遙か遠い場所で推理を巡らせている鳥井。力になれることと言えば、邪魔をしないことだけだ。鳥井はうつむいて、しばらくぶつぶつと独り言を言った後、顔を上げてまっすぐに僕を見る。そして、信じられないことを口にした。


「坂木、俺は間違ったのかもしれない」


鳥井の発言に驚いた僕らは、彼に説明をせがんだ。しかし鳥井は頑として教えてくれない。ただ「もう一度動物園に行く」の一点張りだ。無理強いしたところで答を教えてくれる彼ではない。それがわかっているからこそ、僕と巣田さんは好奇心のかたまりになりつつも口をつぐんだ。

奇妙な沈黙が流れる中、鳥井はデザートに冷やした焼きリンゴを運んでくる。シナモンの風味がひんやりと心地よい。そのとき、巣田さんがバッグから小さな箱を出してテーブルの上に置いた。蓋を開けると、まるで石畳のようにチョコレートが並んでいる。

「北海道名物、ロイズの生チョコ。バレンタインには数日早いけど、一緒に食べましょ」

「それならコーヒーだな」

実は、鳥井は生チョコに目がない。特にビターな味で、僕からすればお菓子の範疇を超えているくらい濃いチョコレートが好きだ。これはその好みにも合っていたらしい。僕は、目の前に置かれた誰のための物ともつかないチョコレートを前に、複雑な気分を味わっていた。

こういうの、「貰えた」って考えていいのかな？

第七章　猫と聖書

それから動物園へ行くまでの間に、僕はせめて鳥井の役に立てることはないかと考えたが、これといった案は思い浮かばなかった。しかも、探偵自身が僕に頼んだことといえば、猫缶、つまりキャットフードの買い出しだけだった。

外回りと称して栄三郎さんの家へ行くと、久しぶりに利明《としあき》くんが来て炬燵にあたっていた。中学校の制服のままということは、また授業をさぼってきたのかもしれない。

「よぉ、坂木さん。じいさんなら奥だよ。今出てくる」

相変わらず髪の毛がつんつんと尖ってはいるけど、彼の印象はずいぶんと柔らかくなった。利明くんもまた、鳥井の推理によって呪縛から解き放たれた一人だ。

「寒いから早くこたつに入んなよ。ほら。ミケだっているし」

利明くんがこたつ布団をめくると、中には大きな三毛猫がいかにも居心地良さそうに目を細めている。

「あれ、でも栄三郎さんは猫が好きじゃないんじゃなかったっけ」

「へえ、なんで？　じいさん、かなりの動物好きだぜ。じゃなきゃこいつが毎日のようにここへ遊びにくるわけねえし」

しかし、動物園で栄三郎さんは松谷さんに勧められた餌のセットを断っていた気がする。台所から手を拭いながら出てきた栄三郎さんにたずねてみると、意外な答が返ってきた。

「ああ、おれは動物が嫌いじゃないね」

「じゃあ、どうしてあのときは」

僕の質問に、栄三郎さんはほんの少し顔をしかめる。

「なんとなく、気にくわなかった。それだけさ。多分しんちゃんも同じ雰囲気を感じてたんだろう」

「気にくわない？　なんだよ、それ」

興味津々といった風情で、利明くんが身を乗り出した。その拍子にこたつ板がぐらりと傾き、湯のみが滑ってゆく。

「これ、落ち着かんか」

「わりわり。大人しくしてるから」

栄三郎さんに頭をはたかれて、利明くんは首をすくめた。栄三郎さんは手早く僕の分のお茶をいれながら、説明してくれる。

「なんていうかな、卑怯な話かもしれねえんだが、おれはあの子みたいに博愛主義にはなれないんだよ。けど、この近所に住む生き物ならなんとかしてやろうと思うね」

「どうしてこの近所だけなんだ？」

大人しくすると言っていた舌の根も乾かぬうちに、利明くんが質問した。栄三郎さんはそれに苦笑しつつも、答える。

「おれは神様じゃないからさ」

「どういうことでしょう」

「責任、てことだよ。坂木さん、あんたは何か事件や事故があったとき、しんちゃんと自分の家族以外の人間に手を回せるかね？」

いきなり質問を返された僕は、とっさに災害の現場などを思い浮かべてみた。瓦礫の中にいる鳥井。そして家族。命に順番なんてつけられないし、考えたくはないけど。

「……きっと、他の人は後回しになるでしょうね」

「そういうこと。人間、本気で責任を持って抱え込めるものごとなんて両手の指の数くらいしかないとおれは思うのさ。動物も同じ。どんなに可哀相でも、おれにはあそこの猫まで抱え込むことはできない。近所に住んでるこいつの分くらいなら、責任を取れるけどな」

こたつから首を出したミケの頭を撫でながら、利明くんは口をとがらせた。

「なんだか冷てえの。栄三郎さん、もっとアツいじじぃかと思ってたのに」

「ならお前さん、自分の小遣いで何十匹もの猫を食わせていけるのかい？　場所は？　病気になったときの医療費は？」

矢継ぎ早に質問を浴びせかけられ、利明くんはぐっと言葉に詰まる。

「ちぇ。そういう言い方すんのかよ。でも、できれば助けたいっていう気持ちを否定することはないいんじゃねえの」

「それなりの覚悟がある人にならわざわざこんなことは言わんよ。ただ、あの子にはそれがなかった。だからお断りしたのさ」

僕はこのとき、珍しく栄三郎さんの言葉に反感を覚えた。だって、利明くんの言うように「そうしたい気持ち」だけでも大切なんじゃないかと思ったからだ。そう、たとえ何の力にもなれなくったって、優しい心は必要なんだ。

「坂木さん、納得いかないって顔してるね」

「え？　いえ、そんな僕は……」

考えていることがそのまま顔に出てしまったのだろうか。うろたえる僕を見て、栄三郎さんがにやりと笑う。

「いいさ。坂木さんが納得できないのはよくわかるよ。あんたはそれでいいんだ」

「いや、でも……」

言葉に詰まった僕の目の前で、利明くんが手をひらひらと振った。

「いいじゃん、意見が違ったって。俺、最近わかったんだ」

「何が？」

「違って当たり前なんだな、っていうこと。だって同じ人間はいないんだからさ、違うこと考えるのが当然なんだよ。それを無理やり同じにしようとするから、いじめとか仲間外れが起こるんだよな。違うなら違うで、話し合って近寄ればいいだけのことでさ」

なんだか、利明くんがいきなり大人になったような気がした。彼は、僕がまだ越えられないでいた壁をやすやすと越えていたのだ。僕はなんだか、大人のくせに利明くんに置いて行かれたような気分になる。なぜなら、僕はまだ人と違ってしまうことを怖がっているからだ。

ところでさ、と利明くんが話題を変えた。この間、『なか川』って店へ行ったんだ、と今度はいきなり小さな声で喋る。

「おれが教えたんだよ。それというのもな、中川さんたちに利明くんの話をして以来、あそこの店にアレルギー対応メニューができたからな」

栄三郎さんの言葉に、僕はうなずく。確かにここ最近、『なか川』のメニューには「アレルギー対応メニューあります。なんでもご相談下さい」という紙が貼ってあったからだ。研究熱心で、食べる人のことを思いやる中川さんらしいと感心していたのだけれど、そういう背景があったとは初耳だった。

そして、利明くんのお父さんは重度の食品アレルギーを持っている。

「で、栄三郎さんに勧められたから行ったんだけど。そしたら、そこの人はちゃんと最初に食べられない物を聞いてくれて、その……親父の」

恥ずかしそうに横を向きながらも、利明くんはそれがいかにおいしかったかを力説した。それもそのはず。彼にとってはお父さんと行った、初めての外食なのだから。

僕はふと、自分が小さい頃に父と訪れたレストランを思い出した。お好み食堂のような、和洋中なんでもありの場所だったような気がする。確か父は天ざるとビールの小瓶を前にしていて、僕はマカロニグラタンとクリームソーダだった。何の偶然か、母と妹のいない休日の昼下がり。あまりお喋りではない父が、それでも一生懸命話しかけてくれるのがなんだかくすぐったい気分だった。テーブルを挟んで二人。僕はあの日のことをずっと覚えている。

そう。食卓の記憶は家だけで築かれるものじゃない。たった二人でも、しかもテーブルのない野外だとて、幸福な食卓は成立するのだ。新しい記憶を刻みはじめた利明くんたちの食卓に、僕は心の中でエールを送った。

＊

次に動物園に行く日は、滝本が仕事の日だった。しかし、まだこちらにいる美月ちゃんは、事件の顚末を見届けたかったらしい。

「だって、このままじゃ気になって気になってしょうがないもの」

滝本に送られて駅まで来た美月ちゃんは、そう言ってぺろっと舌を出した。

「お前、くれぐれも迷惑だけはかけるなよ？　あと、暴言も気をつけろ。ま、寺田《てらだ》が一緒だから大丈夫だとは思うけど」

本来ならば彼女の相手は小宮くんがつとめる予定だったのだが、生憎なことに彼もまた仕事だった。そこで困った滝本は、休暇でツーリング中の寺田さんに連絡を取ったらしい。

「平気平気。大人しくしてるから」

「それと、ちゃんとあったかくしてるだろうな？　今日は寒くたって俺が上着を貸すわけにはいかねえんだから」

しつこいぐらいに念を押す滝本。まるで箱入り娘を家から出すお父さんのようだ。どうも、美月ちゃんのこととなると滝本は人格が変わってしまう。

「わかったわかった、わかりました。もう行かないと待ち合わせに間に合わないの。行きましょ、鳥井さんに坂木さん」

くるりと背を向ける美月ちゃんを、滝本は肩を落として見送る。ご機嫌な彼女とは正反対に、相変わらず鳥井は外出に不満気だ。苛々とした表情で地下鉄の切符をこねくり回しては、ポケットに突っ込むことをくり返している。僕はそんな二人の間に立つと、どういう顔をしたものかと悩んでしまう。

動物園の正門の前に、寺田さんは立っていた。

「寺田さん！」

その姿を確認した瞬間、美月ちゃんが脱兎のごとく走り出した。そしてたどり着くやいなや、首にぶらさがるようにして抱きつく。

「寺田さん寺田さん寺田さん！　会いたかったー！」

「わ、重いよ。久しぶりだねえ、美月ちゃん」

抱き合う二人を、鳥井と僕は呆然と見つめるしか術《すべ》がなかった。なんというか、ジーンズに革ジャンを着た寺田さんと、ピンクのモヘアがついたコートの美月ちゃんはお似合いのカップルに見えたのだ。

「ほら、眼鏡が落ちちゃうから離れて」

「やだやだ。だってすごくすごく久しぶりなんだよ？　わかってる？」

銀縁のクールな眼鏡を片手で直しながら、寺田さんはこちらにぺこりと会釈をしてくれた。それに対し、鳥井は不機嫌そうに顎をしゃくって言う。

「おい。ここは目的地じゃない。いいかげん宝塚はやめろ」

そう。実は寺田さんのフルネームは寺田結美《ゆみ》。れっきとした女性で、滝本の友人だ。ショートカットの髪に化粧気のない顔のせいで、遠目には男性に見えないこともない。女の子らしい美月ちゃんと抱き合っていると、まるで普通のカップルのようだ。

「お久しぶりです、鳥井さんに坂木さん。今回は謎解きの現場に同行できて光栄です」

「こちらこそ。お元気でしたか」

「はい。その証拠に今日もバイクです。ちょうど連休をとったもので」

かつて特急電車の中で事件に巻き込まれて以来、寺田さんは自分の意志で乗り降りできない乗り物が苦手だという。だからこの寒い季節にも、彼女はバイクであちこちを走り回っている。

「じゃ、行こうか」

「はーい」

受付で呼び出してもらうと、今日は安次朗さんと松谷さんが揃って迎えてくれた。

「やあやあ、ようこそ。今日は解決編が聞けるのじゃろ？　エイちゃんめ、今日は孫たちと食事会だから来られないって悔しがってたぞ」

　上機嫌の安次朗さんに、僕は寺田さんを紹介する。

「エイちゃんから聞いとるよ。これまた美人さんだね。わしがあと三十歳ばかり若かったら、ぜひおつきあいを申し込みたいところじゃ」

　にこにこと笑う安次朗さんの隣で、松谷さんが困ったような表情を浮かべている。確かに、寺田さんは一見男性に思えるほどで、「美人さん」ではない。けれど寺田さんはその言葉ににっこりと微笑んだ。

「ありがとうございます。私があと三十歳年をとっていたらよかったのに」

「本当に惜しいのう」

　心の底からそう思っているらしい安次朗さんは、残念そうに彼女を見つめる。そんな安次朗さんに、鳥井が後ろから声をかけた。

「エロじじぃ、目的が違うだろ。まったくどいつもこいつも」

「まあまあ、いいじゃないかね。じゃあしんちゃん、まずはどこへ行こうか」

「どこでもいい。話ができるところなら」

　鳥井の言葉に従って、僕らは動物園事務所にある会議室に移動した。全員が席に着いたところで、鳥井が口を開く。

「今日は、松谷に聞きたいことがある」

「私に？」

「そうだ。松谷、お前から見てここに嫌いな人物はいるか」

不安そうな表情の彼女に、鳥井はいきなり聞きにくいことをたずねた。

「私、本質的に嫌いな人なんていません」

「保身のための言葉は聞き飽きた。いいから嫌いな人物、もしくは苦手な人物の名前を挙げてみろ」

ためらう松谷さんに視線を合わせず、鳥井は机を指で叩き続ける。その絶え間ない音が、彼の苛立ちを示しているようだ。

「……嫌いでもないし、苦手でもないんです。きっと、私が悪いんだと思うんですけど」

「いいから、早く言え。誰だ」

しぶしぶ、といった感じで松谷さんが口を開く。誰だって、そんなことを言いたくはないだろう。

「同じボランティア仲間の内田《うちだ》さん。女の子同士なのに、あまり喋ってくれません。それからレストハウスの食堂のおばさん。他の女の子とは世間話をしてるのに、私とはしてくれません」

やはりおばさんの言ったとおり、女性受けは悪いようだ。鳥井は彼女の辛そうな雰囲気には構わず、さらに追及する。

「男は」

「……サル山の飼育係をしてる大石《おおいし》さんは、よく私のことを邪魔だって柵のそばから追い払います。お猿さんて、ずっと見てても飽きないから、つい長居しちゃうんです。

それと、造園で来る植木職人さんも鬱陶しいって言います。私、大きな木の枝が切られるのって、痛そうでつい悲鳴を上げちゃうから。私きっと、職人さんに好かれないタイプなんですね」

なるほど。言われてみれば栄三郎さんも鳥井も職人気質だ。しかしこうして聞くと、松谷さんは意外と万人受けするタイプでもないのだということがわかる。

「他には」

「嫌いとか嫌いじゃないっていう感じじゃないんですけど、営業さんであまり喋らない人はいます。だって、営業さんって大抵はとっても愛想がいいし」

確かに、無口な営業マンというのもある意味特殊な存在だろう。

「ペット用品や配合飼料で有名なワンズの営業さんは、何回挨拶しても私のことは覚えてくれません。というよりほとんど無視です。でも、悪気は感じられません。きっと、ここの正式な職員にしか興味がないんでしょう。あと、エース製薬の営業さんは、いつも私のことを見えてないような態度をとります。ボランティア自体が好きじゃないみたいですけど、特に私は気に入らないみたいで。一番最初に会ったときは、どんなことしてるの、とか聞かれたことがあります。けど、話したのはそれっきりです」

「エース製薬って風邪薬とかで有名な会社ですよね。動物用の薬も扱ってるなんて、初耳です」

感心したように寺田さんが言った。そこで僕は江畑さんから受け売りの知識で、動物と人間の薬は重なるものが多いことを説明する。

「何を話した。具体的に」

「え？　えーと、あれは去年の夏、というか秋口でした。前任の方に代わってきたので、ご挨拶をしたんです。そしたらエースさんは帰り際、事務所の脇で掃除をしていた私に声をかけてくれて……確か、何をしてるの、学生？　とか大学はどこ？　とかそんなようなことを話しました」

それで正直に今はフリーターで、高校を出てから働いていること。動物が好きだから将来はペットと一緒に入れるカフェを開きたいことなどを話したのだという。そこに、美月ちゃんが口を挟んだ。

「ペットオーケーのカフェって、最近増えてますよね。松谷さんはそういう店を開くのが夢なんだ？　ちなみに今、ボランティア以外の時間はどこで働いてるの？」

「雑貨屋さんです。可愛い小物が多いので、良かったら美月さんもいらして下さいね」

にっこりと微笑む松谷さんに、美月ちゃんはしかし不穏な表情を浮かべる。また何か気に添わない部分でもあったのだろうか。

「何か資格はあるのか」

今度は鳥井がさらに彼女のプロフィールを掘り下げる。事件と彼女に、どういった関わりがあるのだろう。彼女は、ただの依頼者ではなかったのか。

「いえ。まだありません。おいおい必要になるとは思うんですけど……」

不安を感じたのか、松谷さんは鳥井をうかがうように見た。安次朗さんはただ、黙って成りゆきを見守っている。寺田さんも同じく。すると、鳥井はしばらく考えてから言った。

「松谷、業者や営業が来園するのは何時頃だ」

「朝早い場合と、夕方の閉園後の場合がありますけど……」

「今日の午後に来るやつはいるか」

いきなり聞かれて困ったのだろう。松谷さんは首をかしげてから、階下の江畑さんに予定をたずねてきた。

「今日の午後は四時にワンズさんが来て、五時にエースさんが来るそうです」

「じゃあ四時頃またここに来る」

そう言って鳥井はいきなり立ち上がった。残された僕らは訳がわからず、顔を見合わせる。しかし現状に対応する能力の差か、寺田さんと美月ちゃん、そして安次朗さんはあっさりと鳥井にならって立ち上がり、僕と松谷さんが戸惑いを隠せないまま座っていた。

「坂木、行くぞ」

鳥井に促されてやっと僕は腰を上げる。松谷さんは質問がありそうだったけれど、安次朗さんに背中を押されて部屋を後にした。

二人とはまた午後に会うとして、それまでどうするべきなのだろう。今はまだ昼過ぎで、四時まではまだまだ時間がある。とりあえず美月ちゃんと寺田さんには動物園を見てもらうとして、僕が心配なのはやはり鳥井のことだった。いくら最近は慣れてきたとはいえ、一日出ずっぱりというのは久しぶりのことだ。夕方、限界に近づいた鳥井はちゃんと謎を解くことができるのだろうか。僕はそのことが気になって、謎の解明どころではなかった。

しかしというか、やはりというか、美月ちゃんは僕らと行動を共にしたがった。

「だって、別行動の間に違う展開があるかもしれないじゃない。そこを見られないなんて、嫌よ」

「でも、鳥井さんの推理の邪魔になったら困るでしょう？」

やんわりと諭す寺田さんの横から、鳥井がぞんざいに言い放つ。

「俺は夕方まで休む。でないと違う展開どころか、今日はお開きになるぞ」

鳥井の外出嫌いは話に聞いているので、さすがの美月ちゃんもそれ以上わがままを通すわけにはいかなかったようだ。ちょっと口をとがらせたものの、すぐに気を取り直して待ち合わせの時間を決めた。

「じゃあ、四時前に動物園事務所の前ね。絶対よ！」

そう言うなり美月ちゃんは、寺田さんの腕を引いて正規の見学ルートへと消えていった。


「さて、どうしたいんだい」

僕はコートのポケットに手を突っ込んだままの鳥井にたずねる。休むとは言ってもそれは建前に違いない。案の定、鳥井は黙って動物園の出口へと歩き出した。

「……休みたくても、寝る場所なんかねえし」

ぼそりと鳥井がつぶやく。確かに、外出先で横になることは難しい。僕も営業の出先で、

「千円払ってもいいから、五分だけ身体を横にさせてくれ」と心の中で叫ぶことがある。この千円というのが微妙なところなのだが、要するにコーヒー二杯分の金額だと思ってもらいたい。とことん歩き疲れたときなどに偶然、ファミリーレストランの奥まったシートに案内され、これまた偶然そこが広々としたベッドのようなソファーだった場合。僕は前述の台詞をウエイトレスさんに向かって投げかけたくなるのだ。ちなみに繁華街を歩いているときは「昼のご休憩」という文字が魅惑的に映ることもあるが、それはさすがに頭の中で素早く却下している。

ともあれ、鳥井の精神的な休憩は必要だろう。となると、他人の目が気にならない場所がいい。実現可能で鳥井も大丈夫そうなのは、と僕は頭の中の検索キーを押した。結果、一件。

「カラオケボックス。どうだい」

しかし鳥井は首を振る。

「えーと、じゃあベンチ、とか?」

二月の公園でベンチに横たわるのは自殺行為だろう。それ以上何も言えなくなった僕に、鳥井は手をさしのべた。

「坂木、缶詰を出せ」

「え?」

「持ってきてただろ。猫用の缶詰だよ」

言われるままに、僕は平たい缶を取り出した。家を出る前に、鳥井が強引に僕のポケットにねじこんだものだ。三缶セットのため、小さくてもそこそこの重みがある。おかげで僕のコートのポケットは、朝から不自然に膨らんでいた。

「出したら、声をかけろ。確かこのあたりだったはずだ」

喋りながら鳥井について歩いていたら、いつぞやのホームレスが住む地帯に足を踏み入れていたらしい。ということは、これは例の『ガンちゃん』とかいうホームレスへのお土産だ。しかし、今日は滝本がいない。つまり鳥井はそのことを考えて、美月ちゃんと寺田さんを別行動にしたのだろう。青いシートが見え隠れする雑木林の前で、僕はつかの間逡巡する。上手くやれるだろうか。

「こんにちは、誰かいませんか」

とりあえず声をかけてみる。すると幸運なことに、この間話をした野球帽の男が出てきた。もしかすると彼は、この一角の受付係のような存在なのだろうか。

「ああ、またあんたらか」

「あの、今日はガンちゃんさん、いらっしゃいますか」

「いるけど。用件は」

相変わらず、帽子のつばで視線をさえぎるようにして男は話す。僕は手に持った猫缶を見せながら、できるだけ落ち着いた声を出すよう心がけた。

「ちょっと話を聞きたいだけです。すぐ帰ります」

「わかった。聞いてくるからちょっと待ってな」

第一関門通過。僕はほっと息をつく。横に立つ鳥井は、黙って僕を見上げた。僕の心の中にまで切り込んでくる、澄んだ瞳。そこに映る僕は、なんとも頼りない表情をしていた。もっとしゃんとしなければ。

しばらくして、男が戻ってきた。少し離れたところから手招きをしている。僕と鳥井は低い柵を乗り越えて、舗装道路から柔らかな土の上に足を運んだ。

「あそこのつきあたり。シートが木に結びつけてあるのがガンちゃんの家だ。何かあったら声を上げろと言ってあるから、妙なことはするな」

男の指の先には、まるで童話に出てくるような小屋があった。屋根の半分はビニールシートで、残りの半分は幹を取り囲むように木ぎれで作ってある。そう、それはまるで地上のツリー・ハウスだ。きっとガンちゃんという男は趣味がいいのだろう。あり合わせの建材が、不思議と落ち着いた調和をかもし出している。

「はいっといでよ」

突然家の中から声がした。ドアがわりの板を持ち上げて中へ入ると、絨毯敷きの暖かそうな部屋が広がっている。

「外から見たよりも、広い」

ぼそりと鳥井がつぶやいた。その足もとに、猫がすり寄ってくる。

「ねこ、きらい？　きらいじゃなかったら、なでてあげてよ」

部屋の中心に座った男が、僕らを見た。大きい。太っているわけじゃなくて、体格がいいのだ。それに加え、甲子園球児のように剃り上げられた頭が迫力をかもし出している。けれどよく見れば表情はやわらかく、胡座《あぐら》をかいた足の間には二匹の猫を抱いている。家もそうだけど、本人も昔話に出てきそうな雰囲気を持っていた。もちろん、気は優しくて力持ちの役で。

「あんたがガンちゃんか」

鳥井はゆっくりと腰をかがめ、ふくらはぎにじゃれつく猫の頭を撫でた。猫は気持ちよさそうに目を細め、喉を鳴らしている。

「そうだよ。あんたとあんたは？」

「僕は坂木で、こっちが鳥井っていうんだ。お邪魔してすいません」

「はじめまして、こんにちは」

ガンちゃんは、丁寧な挨拶とともに深々と頭を下げてくれた。僕は恐縮しつつ、ここを訪れた理由を説明する。するとガンちゃんは僕らに座るよう勧めてくれた。

「うん。かわいそうなねこがいるのはしってたよ。だからときどき、ここへつれてきてたんだ」

やはり。僕は何気ないふりで、室内を見回す。しかし化粧品に類したものなど、一切見あたらなかった。

「可哀相な猫は、いつ、どこで見つけたんだ」

「いつだろう？　わすれたね。でも、いちにちのなかでいつかならわかる」

やはりガンちゃんは、頭に障害を抱えているのだろう。やけにゆっくりとした喋り方と、不自然に甲高くなる声が、ある種の人々を思い起こさせる。

「一日の内でなら、いつ、どこだ」

鳥井は、そんなことには頓着しない素振りで質問を続けた。

「ゆうがた。ぺんぎんのそば」

ペンギン。僕は園内図を頭に描いた。確か今日も見ている。ということは、動物園事務所の正面。つまりガンちゃんもまた、あの場所で傷つけられた猫を発見していたのだ。

「猫を連れてきたら、どうしてる」

「ごはんをあげて、あっためるにきまってるさ。それでもだめなら、おいしゃさんだ」

「それは動物園の獣医のことか？」

「そうだし、そうじゃない」

ガンちゃんは曖昧な微笑みを浮かべる。

「もしかして、獣医さんのいる建物の前へ置いてきたりしたのかい？」

僕の質問に、ガンちゃんはこくりとうなずいた。

「そう。すごくぐあいがわるそうなのは、おいてきた。でも、ごはんをたべられそうなのは、ここにつれてきて、おいしゃさんにみせた」

話が微妙に食い違っている。これはガンちゃん自身の混乱なのかと思っていたら、鳥井は簡単に彼の言葉を読解してみせた。

「おいしゃさん、という名前のホームレスがいるんだな」

「うん。おいしゃさんは、かんたんなびょうきならなおしてくれる。だからいまここには、げんきなのしかいないだろう」

言われてみれば、さっきから僕の膝に鼻先を擦りつけている猫も、鳥井の脇で丸くなっている猫も、ごく健康そうだ。僕は、ガンちゃんに一度でも疑いの目を向けたことを恥ずかしく思った。

「ガンちゃんは、偉いね。君のおかげでここいらの猫は幸せだ」

「てれちゃうから、そゆことは、いわないでよ」

心底恥ずかしそうに、ガンちゃんは大きな手のひらをぶんぶんと振る。その困ったような笑顔は、ほかほかと僕の胸を暖かくしてくれた。

そして鳥井は、松谷さんにしたのと同じような質問をくり返す。

「ところで、お前をいじめるやつはいないのか」

「ここにはいないよ。いいひとばっかりだ。ぼくのいないあいだも、ぼくのいえをとっといてくれる」

僕のいない間？　ガンちゃんは、季節労働にでも出ているのだろうか。

「ここじゃなくて、動物園にいるときだ。お前を邪魔だと言ったり、突き飛ばしたりする奴はいないのか」

「うーん、たまにいるね」

「それは一人か」

「ひとりじゃない。でも、よくあうのはひとり。せびろをきてるおとこのひと」

ガンちゃんに意地悪をする背広の男はきっと、松谷さんを無視する営業の男と同一人物だ。

その姿が、おぼろげながら僕にもつかめてきた。

「何をされた」

「ばか、っていわれたよ。あと、ゆうがたでひとのすくないじかんにあしでけられたことがあるかな」

不思議な抑揚をつけて楽しそうに話していても、その内容は辛いものだった。この優しいガンちゃんに、悪意を向ける奴の気が知れない。鳥井も、貝の中の砂を噛んでしまったような、嫌な表情をしている。ガンちゃんはそんな僕らに気をつかったのか、またも大きな手をぶんぶん振って言った。

「でもへいきだから。ねこもいるし、ほかのどうぶつもいるし、みんなやさしいから」

ガンちゃんを目下に見ているわけではないけど、僕は年下の子供に慰められているような、くすぐったい気分になる。それからしばらくガンちゃんの生活や動物園について雑談をしているうちに、ガンちゃんがそわそわし始めた。

「何か予定があるのか」

鳥井がたずねると、ガンちゃんは大きくうなずいて壁に掛けられた古めかしい時計を指した。

「いかないと、じかん」

「じゃあお暇《いとま》しようか」

僕と鳥井が立ち上がろうとすると、ガンちゃんはそれを止める。

「ねこがねてるから、たたないで。ガンちゃんはミサのじかんだから、いってくる」

言われてみれば、僕と鳥井のそばには、背中や膝に頭をもたせかけてうとうとしている猫がいた。どうやら僕らをこたつがわりにしているらしい。

「ミサ？」

「うん。ミサのじかん。おはなしをききにいく。あとこれ、のどがかわいたらたべて」

ガンちゃんは部屋の隅に置いてあった籠から何かを取り出して、鳥井と僕の手のひらに載せた。ひんやりと冷たい感触は、みかん。そう言えば、ここにはやかんもなければ汲み置きの水もない。ガンちゃんにとって、このみかんは冬場のお茶がわりなのだろう。どうしよう、貰ってしまってもいいものだろうか。少し皮のゆるんだ、ふかふかのみかんに僕はひどく動揺していた。

そのとき、鳥井が信じられない言葉を口にした。

「ごちそうさま」

鳥井は、ガンちゃんをじっと見つめている。ガンちゃんは、その瞳を真正面から受け止めている。それもごく自然に。見つめられると自分の愚かしさが浮き彫りにされるような、鳥井の視線。それを何気なく受け止めることができるのは、ガンちゃんもまたまっすぐな精神を持っているからだろう。そう、ガンちゃんにも仮面は存在しない。ガンちゃんはきっと、誰に対してもガンちゃんなのだ。

「どういたしまして」

ぺこりと頭を下げて、ガンちゃんは笑う。

「あんたたちはねてていいよ。でていきたくなったら、でてくといい。ここにいたかったら、いつまででもいていいし、すきなときに、あそびにきてもいいよ」

聖者、という言葉が浮かんだ。そして僕は不覚にも、涙をこぼしたい衝動に駆られたのだ。うまく表現できないけれど、ここなら泣いてもいい。そんな気分になった。

多分、いやきっとガンちゃんは聖者ではない。そんなことは百も承知だけれど、それでもある種の人々にとって、彼のような存在は聖者に値するのではないだろうか。そんなことを考えている僕の横で、鳥井はガンちゃんの胸元をさして言った。

「ところでお前、手帳はなくすなよ」

手帳？　そう言えば以前にも鳥井はこの言葉を口にしていたけど、それはいったいなんなのだろう。もしかしたら、聖書のことだろうか。そしてガンちゃんはこっくりとうなずき、ふと思いついたようにゆっくりと首を傾けた。

「あれ、なんででてちょうのことしってるの？　あんたももってるの？　そしたらこんどいっしょにどうぶつをみにいこうね」

鳥井はそれには答えず、戸板の向こうに消えかけたガンちゃんに黙って手を振った。

結局、ガンちゃんの言葉に甘えて、鳥井と僕は、待ち合わせの時間が来るまでガンちゃんの家で過ごした。上着を着ていればそれなりに暖かかったし、なによりこの場所は人目を避けたい鳥井にはぴったりだったから。

「ところで、気になることが二つあるんだけど」

僕の質問に、鳥井はうなずいた。

「ミサと手帳か」

「これは俺も今わかったことなんだが、坂木、もう一人のホームレスが言ってたことを覚えてるか」

もう一人というと、あの帽子の男のことか。

「あり得ない話だ、俺たちが猫への虐待を説明したとき、あいつはそう言った。そもそも俺たちには、誓ってできない話だと。俺にはそれがずっとひっかかってた。何故なら、俺たちはあいつにガンちゃんという男が怪しいという論点で話をしていた。なのにあいつはいきなりあり得ないと断言し、あまつさえ『俺たち』にまで話を引き寄せた。おかしいと思わないか」

「そう言えば。でも、『俺たち』ってやっぱりホームレス全体を指してるんだよね？」

膝の上の猫を指でなぞりながら、鳥井は首を振る。

「いや。あいつは『この地区にいるホームレス』と言いたかったんだろう。その証拠が、ミサだ」

「ミサって、教会でやるあれだよね。ってことは、ああ、僕にもわかったよ。この辺りのホームレスは、クリスチャンが多いんだ！」

「そう。もう一つ踏み込むなら、この柵の中の住人は完全にクリスチャンだということだ。広い公園の周囲に住むホームレスが全員そうだとは、あの男だって言い切れないだろうからな。大方はお説教の後の炊き出しが目当てなんだろうし」

言われてみれば、僕も以前ニュース番組か何かで目にしたことがある。ホームレスたちに炊き出しを行う宗教団体は、炊き出しの前に人を集めて説話を聞かせていたっけ。それがこの付近でも行われているということか。

「つまり、帽子の男はこのコミュニティーの門番だ。だからこそ言い切れた」

「クリスチャンの俺たちが、無益な殺生をするなんてあり得ない……」

「そういうことだ。そしてそんなコミュニティーだからこそ、ガンちゃんという男の存在意義がある」

その部分については、僕もなんとなく感じていた。きっと、ガンちゃんを必要とする人は多いのだろう。社会に見放されたと感じ、行き場もなく家をなくした人に、ガンちゃんは「いつまでもいていいよ」と笑いかける。保証のある言葉ではない。けれどそれは寂しい人にとって、どんなにかあたたかく、どんなにか優しく響くのだろう。

「……ここはあいつらの土地じゃないし、俺はあいつらの生き方を肯定するわけにはいかない。けど、あいつのおかげで生きがいを見つけたり、社会に帰っていった奴もいるだろうな」

鳥井は手の中のみかんを見つめながら、ぽつりとつぶやいた。

ガンちゃんの家は、今風の言い方をするならワンルームだ。どこからか拾ってきたらしい絨毯が、床一面に敷き詰められている。炊事場もなく洗面所もない、絨毯敷きのワンルームにいると、僕はなんとなく外国に来たような気分になった。砂漠に住むベドウィンや、草原に暮らす遊牧民の家は、こんな雰囲気ではなかっただろうか。

そんな連想から、僕はかつて同僚の女の子が話してくれたことを思い出す。旅好きな彼女は、パック旅行でモンゴルへ行ったとき、遊牧民の馬に乗る現地ツアーに申し込んだのだそうだ。そしてそこでの出会いが、思いもかけず素晴らしいものだったと、僕に熱く語ったのだ。

「最初は期待してなかったの。だってツアー客を受け入れてるくらいだから、お金にシビアな人たちなのかなって」

でも、と彼女は続けた。でも、そうじゃなかった。

「だって私、お布団に寝かせてもらったのよ！」

お布団、という唐突な響きに僕は首をかしげた。そもそもかの地に暮らす人たちが、布団を使っていることさえ知らなかったのだから。聞くと、その馬の持ち主がぜひ家に寄っていけというので、彼女と友達はお茶くらいならとついていったらしい。するとそこにはあの有名な可動式の住居、ゲルがあり、そこでバター茶などを振る舞われたのだという。

「お腹が一杯で、馬にもちょうど乗り疲れた午後一時って感じ。すごく眠くなった私たちに、そこのお母さんがベッドの上にお布団を敷いてくれたの。お日様の匂いがする、きちんと干されたお布団だった」

遊牧民は無条件で旅人を歓待する習慣があるというのは、本当だったらしい。これは僕も耳にしたことがあるのだが、概して移動生活を営む人々というものは、客人を歓待するのだという。そのルーツは、自分が旅人となったときのための相互扶助から来ているとも、外来人は新しい情報を与えてくれるからだともいう。

本来なら旅先でのこうした行動は危険だし、彼女たちは犯罪に巻き込まれてもおかしくはない。けど。

「外国なのに、まるで田舎のおばあちゃんちに来たみたいで、私たち、本当にぐっすり寝ちゃったの。夕方、そこの家の子がそっと揺り起こしてくれるまで。あの子、本当に小さい女の子だった。なのに気をつかって、そっと、すごく優しく私たちを揺すってた。私、あんなちっちゃくてあったかい手で起こされたのなんて初めてだった」

そのことを思い出すだけで、今でも元気が出るのだと彼女は言った。落ち込んだとき、誰にも必要とされないと感じたとき、自分には最後に行くべき場所があるのだと。

「私、本当に感動したの。人をもてなすのって、こういうことなんだなって。ガイドのお父さんは、私たちが疲れたのを見てとったから、家に誘ってくれたし、お母さんは私たちの顔を見て眠いって気づいたから、布団を敷いてくれた。言葉も通じないのに。でも、相手のことを思いやって、きちんと顔を見てるからそういうことができるのね。

すごく簡単なことなのに私、それをしたことがなかったの。心をこめて、思いやって誰かをもてなすってことを」

だから今私の部屋に来ると、感動するわよ。そう言って彼女は席を立った。

そしてガンちゃんの小屋はどこか、彼女の言うゲルに似ていた。けれどそれは建物の印象ではなく、人をもてなすという姿勢のことだ。ひるがえり、自分の部屋を思い返した僕はちょっと反省した。

「次に手帳の件だが」

鳥井の声が、僕を遠い草原から現実に引き戻した。

「うん。それってなんなんだい？」

「坂木は、あいつがどうして動物園に入れるのか考えたことがあるか」

「ああ、栄三郎さんが言ってたよね。収入がないのにどうしてそうそう入園できるのかって」

もしかしたら、これもクリスチャンであることと関係しているのだろうか。しかし鳥井はその発言には首を振った。

「あいつは年がら年中、国に保障されて入園無料なんだよ」

「え？　国？」

「そう。手帳というのは愛の手帳、ないしは療育手帳のことだ」

そんな名前の手帳は聞いたことがない。

「知的障害者に与えられる手帳で、身体障害者手帳や精神障害者保健福祉手帳と同じようなもんだ。塚田の一件があったから、ちょっと調べてみたのさ」

塚田くん。僕はここのところ会っていない彼の端整な横顔を思い出した。

「その手帳を有する者は、ここの動物園の入園料が免除される。ちなみに身体障害者、精神障害者で手帳を所持する者も同じ扱いだ。他に更生援護施設や援護施設の入所者や、中学校以下の生徒も含まれるが、これらはいずれも付添者か引率者が必要だから、あいつには当てはまらないな」

なるほど。だからガンちゃんはいつでも好きなときに動物を見に行くことができたということか。しかし疑問も残る。ガンちゃんはホームレスだと思っていたのだけれど、その手帳は役所に行かなければ発行されない物ではないだろうか。それをたずねると、鳥井は一つの仮説を口にした。

「俺はあいつのことを半分ホームレスだと思っている。多分、あいつには帰る家か施設がある。だから、ずっとここに住んでいるわけじゃないんだろう」

僕はあっと声を上げた。先刻ガンちゃんはこう言っていたじゃないか。「ぼくのいないあいだも、ぼくのいえをとっといてくれる」と。僕はてっきり、彼が季節労働に出ているのかと思っていたが、そうではなかったようだ。

「あいつは何らかの理由で、しょっちゅう家出をするんだろう。まあ、動物が見たくてそうするんだろうが。そうして、一人で途方に暮れているあいつに声をかけたのがこのコミュニティーの奴らだ。ちょうど、あいつの浮世離れした雰囲気が、ここの住人には聖者っぽく映ったのかもな」

まさに自分がそう思っていた、とは言い出しづらかった。

「俺は最初この騒動を聞かされたとき、犯人はあいつだと思っていた。香水の一件は、きれいずきのあいつが単にいい匂いにしてやりたくてふりかけ、吐き戻しは好意でやった食品が悪くなっていた、善意のすれ違いから起こったんだと」

「じゃあ、なぐられたようなのは？　説明がつきにくいよ」

「抱き上げようとしてひっかかれ、驚いた拍子に落とした。そこに柵があったら？」

なるほど。落下地点に突起物があれば、ピンポイントの傷も出来うるかもしれない。鳥井の説明はいちいち当を得ていて、そうでないとわかった今でも納得してしまいそうになる。

「でも、そうじゃなかった。それがわかったから、これを持ってきたのさ」

そう言いながら鳥井は、僕の手から猫缶を取り上げ、みかんの入っていた籠の中に入れた。そして相変わらずの無遠慮さで僕のポケットに手を突っ込み、仕事用の手帳を取り出す。口を挟む間もなく白いページを破りとると、彼は何かを書きつけて猫缶に添えた。後で覗いてみたら、そこには「みかんのおれい」とひらがなで書いてあった。

しばらく話をしているうちに、僕は鳥井の様子がおかしいことに気がついた。黙りがちになり、うつむきがちになった鳥井は、どうやら眠たくなったようだ。僕はあえて声をかけず、鳥井が目を閉じるにまかせた。今、少しでも休んでおけば後が楽になるだろうと思ったからだ。

そして間もなく、信じられないことに鳥井は本当に寝た。体勢が崩れたときに一度だけ目を開けたものの、僕が隣にいることを確認するとまた目を閉じた。僕が鳥井と知り合って以来、出先で目を閉じることはあっても、彼が眠りに就いたことはない。それはとりもなおさず、彼が外界でリラックスすることのない証明だったのだが。

その鳥井が、ガンちゃんの部屋で眠っている。とても無防備に。膝にいた猫はいつしか彼の背中に寄り添い、同じリズムで寝息を立てていた。

そのおだやかな情景に、僕の胸は締めつけられる。やはり僕は鳥井の手を離すべきなのだ。緊張と硬直が支配する外界から、今まで僕は鳥井を隔離してきた。彼を外に出したいと口では言いながら、その実誰よりもそれを否定してきた。けれどそれは間違っていた。痛みや苦しみを恐れて外出を控えるより、外にもこんな場所があると教えながら歩くべきだったのだ。

やはりここは聖域なのかもしれない。僕は誰にも見られることなく、一人静かに涙を流した。僕の膝にいる、ただ一匹の猫をのぞいて。

＊

ポケットの中にはみかんが入っている。しかしそれはレモンのような爆弾ではなく、太陽に似たあたたかい何かだ。

待ち合わせの時間が迫ってきた頃、僕は鳥井を揺り起こした。遊牧民の子供のように、そっと起こしたつもりだったのだが、鳥井の背中に貼りついていた猫は驚いて部屋の隅へと跳んでいった。つねになく寝起きの良い鳥井は、ぼりぼりと頭をかいてから一つ大きな身震いをする。それはまるで猫そのものの仕草で、僕はちょっと愉快な気持ちになった。

外に出て歩き出すと、冬の陽はすでに暮れかかっている。柵の近くには依然として帽子の男の姿が見えた。小屋から出てきた僕らを見てとると、彼は会釈のようなものをする。僕は帰りしな、彼にガンちゃんの生活をたずねてみた。すると鳥井の言ったとおり、施設に入っているらしいことがわかった。

「ガンちゃんは、保護されてもすぐにここに戻ってきちまうんだ。施設は動物が駄目なんだってよ。猫の毛でくしゃみが出る奴がいるんだと。でもガンちゃんは動物のそばで、大好きな猫と一緒に暮らしたいんだ。だから脱走してきちゃ、ここで暮らしてる。ガタイがでかいから、荷物を運ばせるにはいい人材だってんで、仕事にも困らないし」

男はちびた煙草をふかしながら、ちろりと鳥井を見た。

「それに……俺たちはガンちゃんがいると嬉しいんだ。あんたたちも、あの家に行ったならわかるだろう」

鳥井はそれに軽くうなずき、男に手を振った。

もうすぐ、約束の刻限だ。

第八章　見えない生物

待ち合わせの場所では、安次朗さんに寺田さん、そして松谷さんと美月ちゃんが寒そうに立っていた。外で話すにはちょっと辛い時間になってきたので、例の営業さんが現れるまでまた動物園事務所で待つことにする。

「もうすぐ閉園時間だから、動物を見るわけにもいかないしね」

安次朗さんが折り畳み椅子を広げながら言った。確かに、もう園内にはほとんど人影がなくなっている。

「でも、ここからが本来の仕事の時間なんですよ」

事務所に残って書き物をしていた江畑さんが、説明してくれた。

「動物たちを家に入れて、外を掃除し、餌をやり、寝かせてやる。つまり生活の時間ですね。ま、夜行生物館だけはこれからが朝になるんですけど」

お客さんのいなくなった動物園で、飼育係の人たちはそれぞれの受け持ちの動物とどんな時間を過ごすのだろう。僕は、事件の解決よりもそちらの見学をしたいような気になってしまった。

やがて暗くなった窓の外に、一条の光が見えてきた。どうやら車のヘッドライトのようだ。

「あれ、エース製薬の車です。その後ろにワンズの車も見えます。エースさん、五時って書いてあったのに早めに着いちゃったのかしら」

立ち上がった松谷さんが、緊張した口調で指さした。二台の車は順番に停車し、そこから二人の男が降りてくる。彼らの顔が暗闇の中から見えてくるに従い、僕は自分の目を疑った。そして次の瞬間、己の愚かさに気づき、この場所から鳥井の手を引いて逃げ出したくなった。

「どうした、坂木」

真っ青になった僕に、鳥井が声をかける。どうしよう。いきなり鉢合わせというのは、まずすぎる。なんとかしなければ。僕は短い時間の間に、恐ろしい勢いで考えを巡らせた。そして、隣の部屋に続く扉を見つけた。

「あのさ鳥井、どっちにしてもあの二人の内の一人は無実なんだよな？　だったら、わざわざ巻き込むのも悪いから、とりあえず仕事の話が終わるまではさ、僕たちはあっちの部屋にいようよ」

いきなり音を立てて立ち上がった僕を、全員がぽかんとした表情で見ている。もう時間がない。間に合わない、そう思った瞬間、美月ちゃんが立ち上がって自分の椅子を持った。

「ほら、みんなも。坂木さんの言うとおりよ。事件のことは、普段の仕事を終えてからだってできるじゃない」

美月ちゃんにうながされて、全員が自分の椅子とともに隣の部屋へと引っ越しをした。都合の良いことに、隣の部屋へ通じる扉には、まるで教室のそれのような小窓がついている。つまり、疑わしき人物を僕らはここから観察することができるのだ。そしてもし、鳥井が取り乱したとしても、僕らは相手にそれを知られずにすむ。

怪訝な表情の江畑さんのもとに、間一髪のすれ違いで二人の営業さんがやってきた。一人は配合飼料のワンズから来ている人で、眼鏡をかけたやせ形の、少し神経質そうな男。そしてもう一人はエース製薬から来ている人で、中肉中背、けれど押しが強くて頑固そうな男。

それが、谷越淳三郎だった。

僕は馬鹿だった。谷越とここで会った日、彼は背広を着ていた。このことから僕は、彼が暇つぶしに来ているのだと思ったのだけれど、そうじゃなかった。彼のような人物に動物園は不似合いだと思ったのだから、もう一歩踏み込んで考えれば動物園には仕事で来ているんだとわかっただろうに。その一歩が足りなくて、僕はいつも後悔をする。それに、ヒントはすでに僕の前に提示されていた。かつてのクラスメートに谷越のことを聞いたとき、彼はクラス会で「変わったジュースや菓子」を配ったと言っていた。今にして思えば、それはサプリメント系のドリンクや栄養補助バーなどのことだろう。製薬会社には、当然食品部門もあることを僕は考えてもみなかった。谷越という人間のイメージ、そしてクラスメートの話から僕は勝手にその「変わった菓子」を輸入菓子だとばかり思いこんでいたのだ。

こうなってしまった以上、僕は鳥井の安否しか考えることができなくなった。どんなことになっても、彼を無事に連れて帰ることだけが僕の使命のように思えたからだ。しかし当の鳥井は黙ったまま、小窓の前に陣取って動こうとしない。他のみんなもちらちらと窓の向こうを覗いては、自分の椅子に戻っている。どうやら最前列は探偵に譲ったらしい。

「……鳥井」

恐る恐る声をかけると、鳥井はふり向かずにうなずいた。

「わかってる。吐きそうなほど愉快なことになったな、坂木」

こんな口をきくことができるのなら、とりあえずは大丈夫だ。僕はほっとして、隣に陣取る。

「名前を聞かなかった俺のミスだ。松谷、エース製薬の営業は谷越っていう名前だな」

「なんで、そんなことまでわかるんですか!」

松谷さんが驚いて小さな声を上げた。そこで僕は彼女に、実は中学校時代の同級生だと説明する。

しかし、どう好意的に解釈しようとしても谷越は嫌な奴だった。時が経っても彼の性質は変わらないどころか、むしろ悪い方へと向かったように思える。小窓から覗くと、ワンズの男が江畑さんを相手に商談をしている間、谷越はいかにもやる気がなさそうに端の椅子に座って辺りをながめていた。書類を出すわけでもなく、手の爪を見つめたり、携帯電話をいじったりしている。僕も営業職の端くれとして言わせてもらえば、こんな態度は職務放棄に等しい。そもそも、約束の時間に来ないどころか、他社の人間とバッティングしておいていけしゃあしゃあと一緒に入ってくることはないだろう。見えるところで待っていられたら、相手だって話がしにくいし、何より急かされているようで落ち着かないだろう。せめて車の中で待っていればいいものを、何故入室したのか。

しばらく観察していると、やはり気になったのかワンズの男が早めに話を切り上げた。江畑さんになにやら声をかけ、深々と一礼して去っていく。その姿は、最初に見た印象とは違ってしごく真面目なものに思えた。鳥井もそう感じたのか、僕に向かってこうつぶやいた。

「あいつじゃねえよ」


しかし、それにしても鳥井は動じていない。唇を噛みしめ、少し青ざめた顔色はしているものの、僕が想像したような恐慌状態にはほど遠いようだ。僕にとって谷越は悪意の象徴のような存在なのだが、鳥井にとっては違うのだろうか。それとも、彼の方が僕よりも成長したということなのか。僕は煩悶しつつも、鳥井と窓の向こうの谷越を見つめていた。

江畑さんとの商談に入っても、どこか谷越は気が抜けているように見える。パンフレットを取り出して商品説明をしているのに、どこか慇懃無礼というか、江畑さんを下に見ているような雰囲気が伝わってくるのだ。不思議なもので、その無礼な雰囲気というものは書類ひとつ渡す仕草でも、なんとなくわかってしまう。これは鳥井の頭脳を拝借しなくても、はっきりとわかる。谷越は自分の仕事が好きではないし、それでも真面目にやろうといった熱意もない。従ってこの仕事で接する人々に対しても、敬意を払おうとはしていないのだ。

だらだらとした商談がようやく終わり、谷越が席を立とうとしたそのとき、江畑さんが彼を引き留めた。彼は一瞬ではあるが、とても不快そうな表情を見せ、それでもまた席に着いた。

それを見た鳥井は、ちらりと僕の顔を見る。僕はできるだけ明るい表情をして、鳥井を元気づけようとした。すると鳥井は、また僕のポケットに手を突っ込んで、みかんを取り出した。そしてしばしみかんを見つめると、また僕のポケットにしまう。彼が何をしたいのかわからず、僕がぼうっとしていると、鳥井は笑って言った。それはいつも、僕が彼に向かってしつこいほど口にしている台詞。

「坂木、俺は大丈夫だから」

「……え？」

ひきつったような、ぎこちない微笑み。子供が親を安心させようと浮かべる、そんな笑顔に僕は胸が苦しくなる。彼はまた一つ、何かを乗り越えようとしているのだ。

「やっぱりみかんはお前が持っててくれ。俺が持ってると、投げつけちまうかもしれないからな」

そう言って、鳥井は扉を開いた。

*

いきなり扉が開いて、予想外の人物が現れたことに谷越は驚いているようだった。彼はまず先頭に立った鳥井を見、そして僕を見た。しかしなぜ僕らがここにいるのかは想像がつかないらしく、ただ呆気にとられたようにその場で腰を浮かせたままだった。

「よう、久しぶりだな」

鳥井が声をかけると、谷越は魔女の呪文が解けた人間のように我に返った。

「え、おい！　やっぱりこないだの、坂木だったんじゃないか。それにお前、鳥井だろ？　なんでここにいるんだ？　ていうかお前ら、今何してんだ？」

矢継ぎ早の質問に、僕は一瞬ひるんだ。しかし鳥井は僕をじろりと見て、谷越には聞こえないような声で囁いた。

「坂木、こいつに会ったんだな？」

僕がうなずくと、鳥井は肩をすくめる。

「こないだっから、どうもおかしいと思ってたら、これが原因かよ」

「おい、二人でひそひそ話してんなよ」

じれたように谷越が声を上げた。

「悪いな。こっちにも事情があってよ」

「大体、まず質問に答えろよ。お前は今、何やって暮らしてんだ？」

「お前は？」

その質問に、鳥井は質問で返した。

「わかってんだろ。エース製薬に勤めてんだよ。で、お前は？」

妙なしつこさで、谷越は鳥井の職業を知りたがる。今、何をしているか。谷越にとって、それはさほど重要な事柄なのだろうか。その答は、鳥井があっさりと指摘してみせた。

「教えない」

「はあ？」

「教えない、って言ったんだよ。聞こえねえのか」

「教えない、ってお前、それでも社会人か？」


名刺入れから名刺を取り出しかけていた谷越は、信じられないという表情で鳥井を見つめた。鳥井の職業なんて、昔のクラスメートから調べていけば、簡単にわかることだろう。しかし。

「肩書きで俺を上か下か計って、それから態度を決められるのは鬱陶しいんだよ」

そうか。谷越の質問は、まず自分のスタンスを決める布石だったんだ。僕は今さらながら、教室での彼を思い出す。あのとき、彼より「上」な人物は鳥井だけだったのだろう。他の皆に優しかったのは、彼らを「下」に見ていたからなのだ。

「別に俺はそんなことしないって。ねえ、江畑さん」

苦笑しながらそちらを向いた谷越に向かって、江畑さんは微妙な笑みを返す。さっきまでの態度を思い起こせば、弁護する気持ちになれないのも当然だろう。

「じゃあ言ってやる。俺は自分の食いぶちは自分で稼ぎながら、家にひきこもってる。坂木は保険会社の営業だ。これで満足か？」

鳥井が答を示してやると、谷越は少し間をおいてから、笑った。多分、僕らを下に見たから彼は安心したのだろう。

「やっぱりな、暇そうだと思ったよ。平日にこんなところに来てるようじゃさ。まあ、鳥井は昔っから協調性ゼロって感じだから、しょうがないのかな。坂木は保険会社って言ったけど、どこだ?」

僕が会社の名を口にすると、谷越はちょっと不快そうな顔をした。

「へえ、結構いいとこじゃん。外資系だよな、そこ。でも保険業界も厳しいっていうし、お前も苦労してんだろ?」

「いや。のんびりやらせてもらってるよ。休みは比較的取りやすいし、お客さんもいい人が多いしね」

「てことは、給料が安いんだな。その若さで窓際か。大変だな」

谷越は、どうしても僕を可哀相に思いたいらしい。僕は相手をするのも馬鹿らしくなって、適当に「うん、大変だよ」と相づちを打つことにした。

「ところで」と谷越が江畑さんと僕らを交互に眺めながら言う。

「お前たちは、なんのためにここにいるんだ?」

動物虐待の疑いを向けているんだよ、とは言いにくかった。それは他の皆も同じだったらしく、全員が鳥井の方を見る。

「俺は、ちょっとした縁でここに起きたある事を調べていた。その関係者を捜してたら、お前に行き当たったのさ」

「なんだよ、そのある事って」

「この付近の野良猫が虐待を受けた可能性があるのさ」

その言葉を聞いた途端、谷越は唐突に吹き出した。

「なんだよ、それ！　すっげえ深刻な顔してるから、たいそうな事件かと思ったら、野良猫？　誰が飼ってるわけでもない猫のことを調べてんのかよ」

僕はこの瞬間、確信した。もし犯人が彼でなくても、彼は犯人と同じ心を持っているのだろう。同じ憤りを感じたらしい松谷さんが、彼にくってかかる。

「谷越さん、その言い方はないんじゃないですか？　誰も飼っていない猫だからって、傷つけられていいわけがありません」

「ああ、悪いね。でもさ、野良猫って言っちゃなんだけど、雑草みたいな存在じゃないかな。それにしても、皆さんずいぶん暇なんですね」

谷越は喋っている間、松谷さんを見ようともしなかった。

「で、なに。俺が犯人、そういう流れですか？」

ごく自然にそうたずねる谷越に、僕は初めて恐怖を感じる。それは、かつて鳥井が味わった恐怖なのかもしれない。

「世の中には言葉の通じない人間がいる」

鳥井はあの頃、よくそうつぶやいていた。

当たり前のことだけど、言語が違ったり赤ちゃんだったりとか、そういう意味ではない。同じ言葉を使っているのに、自分の心が通じにくい人のことを指しているのだ。

ある種の人々は、自分の世界観を決して曲げようとはしない。たとえば自分にとって良いものは、他人にとっても良いものだと思いこむ。またその逆も然りだ。

「協調性がないから、いじめられる」「学校に行くのは当たり前」というのは基本中の基本。鳥井がいじめられはじめた頃に、嫌というほど聞かされた言葉だ。こういう場合、質問は決して許されない。ちなみに、「協調性って嫌でも皆と一緒にいることですか」と担任に質問した鳥井は、無言で頭をはたかれていた。

「男のくせに情けない」や「女の子なんだから、こうしなさい」もその類の言葉。「結婚してこそ一人前」の次は「親になってこそ」だ。

こういう言葉でがんじがらめにされた人生を嫌って、僕の同僚は海外へと飛び立ってしまった。確かに、どの言葉にも一理はある。けれどそれがすべてではない。そのことを、どうしてもわかって貰えないのだ。

きっと、そういう人たちはいつかの僕のように想像力が足りないのだと思う。なぜ相手の人はそういう状態なのか、どうしてそうなったのか、これからどうしたいのかという事に一歩踏み込んでみれば、おのずとそうした言葉は出てこなくなるだろう。

世界はたった一つの考えで動いているわけはなく、いつも多面的で複雑だ。物事の片面だけを見て断罪する人の目には、ひきこもりもホームレスも野良猫も、同じように良くないものとして映るのだろう。

言葉は、通じない。

だとしたら、一体僕らはどうしたら理解し合うことが出来るのだろうか。

それにしても、谷越のこの屈託のなさはなんなのだろう。まるで僕らのことを、久しぶりに会った友人か何かだと勘違いしているようだ。それとも、彼の中でいじめの一件は「子供らしいちょっとしたもめ事」として処理済みの箱に入れられているのだろうか。

「なあ、俺が犯人だったら、鳥井が探偵か？　で、江畑さんたちは証言者？　面白そうだな、聞かせてくれよ。一体どうしたら俺が犯人になるんだ？」

あくまでも明るく、谷越は鳥井を見つめた。わかりたくもないことだけど、やはりいじめた側はそのことを忘れてしまうものなのかもしれない。

しかし鳥井はごく冷静に言った。

「お前だと断言はできないさ。でも、そんなに聞きたいなら話してやるよ。犯人はその男、とでも呼ぶことにして」

そうして鳥井は、松谷さんに事件の発端を、その後の経緯を僕に語らせた。谷越は話を聞く間、まるで人ごとのように楽しそうな素振りを見せた。

「と、まああらましはこんなところだ。そしてここからが俺の想像だ。もし外れてても、あくまでも俺一人の想像だから、お前は気にしなくていいぞ」

やけに親切な前置きをして、鳥井はある男の人物像を語りだした。

「その男は、そこそこに名の知れた大学を出ている。浪人も留年もせず、卒業後すぐにどこかの会社に入った。その会社も名の知れたところだったが、大会社らしく不況の折、リストラを行った。その男は不幸にも退社を迫られた側で、慌てて再就職先を探した。幸い男は若かったので、比較的すぐに次の仕事が見つかった。もしかしたら、同じ業界かもしれない」

見てきたように架空の人間のプロフィールを喋る鳥井に、谷越は気味の悪そうな視線を向ける。

「しかし残念なことに、次の会社での部署は男の満足のいくものではなかった。中途採用なんだから、しょうがないだろうに、男は会社が自分を過小評価していると感じている。そのせいで男は仕事中、いつも苛立っていて、身が入らない。おかげで仕事は悪循環。男は自分のプライドを守るため、仕事は仕事だからと割り切って、できるだけ早く切り上げ、家に帰りたいと思うようになっていた」

描写が内面に至る頃、初めて谷越が不安そうな面持ちを見せた。

「なんでそこまで言えるんだ。他人のお前が」

「文句は最後まで聞いてからだ。

いつも苛々しているその男は、出先の中でもこの動物園が一番不本意な場所だったと見える。そんなとき、足もとに餌をねだる猫がまとわりついてきた。ちょうど機嫌の悪かった男は、そいつを靴先で蹴り上げる」

その瞬間の絵が浮かんでしまったかのように、安次朗さんが顔をしかめる。

「おや、なんだかすっとするな。男はよろよろと逃げていく猫を見てそう思ったのかもしれない。それから、気の向いたときに男は猫にいたずらをしはじめる。それがれっきとした犯罪であることなんか、考えもしないで」

「犯罪？　でも飼い主のいない猫なんて、公共の器物損壊くらいにしか当たらないんじゃないか？」

「詳しいな。じゃあ飼い主のいる猫を傷つけたらどうなる？」

その質問を受けて、谷越はぐっと言葉に詰まった。他人の飼っている動物を傷つけたらどういう罪状に問われるかなんて、僕も考えてみたことはない。

「同じさ。器物等の損壊。動物の場合は傷害だけどな。それが公共じゃなくて個人になれば、財産の侵害とも言えるだろう。ちなみに動物の愛護及び管理に関する法律では、愛護動物に含まれる猫をみだりに殺したり傷つけた場合、一年以下の懲役、または百万円以下の罰金に処せられる」

谷越は、鳥井の言葉を真剣な表情で聞いている。そのとき、松谷さんが音を立てて立ち上がった。

「あんまりです。公共の器物とか財産とか、相手は生きてるのに、モノ扱いですか。そんなって、ひどい……！」

確かに言葉にすると、冷徹な印象があることは確かだ。けれど今、そこにこだわっていては話が進まない。すると、僕の考えを読んだように美月ちゃんが声を上げた。

「松谷さん、便宜上って言葉を知ってる？　悲しがるのは後からでもできるけど、鳥井さんの推理は今じゃなきゃ聞けないのよ。この件について議論したいなら、別の機会にお願いしたいんだけど」

「でも、あの……」

「言葉が荒くて、ごめんね。でも、今は美月ちゃんの言うように先を聞いてしまおうか。ほら、座って」

戸惑う松谷さんに、寺田さんがやんわりと椅子を示した。鳥井はそれを確認すると、あらためて続きを口にする。

「ここで起きた事件の罪状だけに詳しいなんて、まるで自分のやったことがどういう罪に当たるのか調べたみたいだな、谷越。ま、それはいいとして、次はそれぞれの猫からわかることだ。まず、発見場所。これは事件の現場と言ってもいい。これは個体の傷から、この事務所の近くと思われる。従ってその男は、動物園事務所、もしくはこの通用門を利用していると考えるのが自然だ。

そして猫の被害状況。腹に血腫を持った猫は、かなり時間も経っていたし、初期の被害者だろう。棒のような物でピンポイントに殴られた後、そうなった。ちなみに、今お前の履いているような靴の先で蹴られても似たような症状になるだろうな」

言われるがままに、皆が谷越の靴を見た。海外のブランド品であることが一目でわかる、値段の高そうな靴だ。しかも、その靴先はとても細くなっている。谷越は僕たちの目線に対して、ほんの少しばつの悪そうな顔をした。

「次に吐き戻しをしている猫。これは一目瞭然。おかしな物を食わされたんだ。その男が製薬会社に勤めていると仮定するなら、答は簡単。江畑か獣医に見せるために持ってきたサンプル品で、却下された物を腹いせに食わせたんだろう。もしかしたら、薬品が入った治療用の飼料かもしれないな」

なるほど。製薬会社の人間なら、日々薬品サンプルを車に積んでいるだろう。

「そして最後に問題の、香りのついた猫。これも男が製薬会社勤務だと仮定するならば、あっけないほど単純な物質が浮かび上がってくる。粉状で、森の香りの薬品。坂木、思い当たる物はないか?」

「ええ? いや、そんな突然言われても」

「ヒントは、水に溶かして使う物」

鳥井は片手で、水をかき混ぜるような仕草をして見せた。

「あ、風呂だ!」

「そう。森の香りの入浴剤、それが答だ。粉の香水だなんて、俺も高級に考えすぎたもんだ」

「檜《ひのき》の香りとか、入浴剤なら当たり前の香りよね」

納得したように、美月ちゃんが手を打つ。

「さて、猫からわかる情報は以上だ。質問のある奴」

鳥井が周囲を見回すと、寺田さんがおずおずと手を挙げた。

「あの、最後の猫なんだけど、その男はどうして入浴剤をふりかけたりしたんでしょうか」

確かに前の二件に比べて、必然性が薄いような気はする。すると鳥井は少し考えてから、鼻をつまんだ。

「匂いだろうな。その男はもともと動物が好きなわけじゃない。じゃなきゃそもそもあんな事はしないだろう。そいつにとっては、ここは獣臭くて嫌な場所のはずだ。なのに、餌を期待してか猫がすり寄ってきた。高価なスーツに鼻をこすりつけられ、かっとなった男は追い払うために入浴剤をふりかけるという寸法だ。

余談だが、その男は獣臭さを嫌うあまり、ここに来たらすぐにこの建物に入ることにしているような気がするな」

そうして鳥井は、ちらりと谷越を見る。彼は先刻、他社の人間がいるにもかかわらず、ここに着いた途端に車を降りてこなかっただろうか？

「……確かに俺と似てる部分があるな、その男は。じゃあ、その男が俺だと思った理由はなんだ？」

ここまででも充分、言い逃れのしにくい状態だと僕は思うのだが、谷越は更にその先を聞きたがった。

「もし違うなら、なんでそんなに興味があるんだろうな」

「いいじゃないか。人となりを聞いてると似たところがあるから、親近感を持ったんだよ。話も面白いし」

その言葉とは裏腹に、谷越は挑むような目で鳥井を見ている。

「じゃあ、こうしよう。お前とその男はニアリー・イコールの存在だ。だから便宜上、ここからはその男を谷越と仮定してみる。まず、犯人が谷越だと思った理由。それは、ここにいる松谷と公園に寝泊まりするホームレスの証言だ」

「え、私ですか？」

松谷さんが、びっくりしたように自分を指さした。

「そう。松谷は谷越と初めて会ったときに、色々聞かれたと言ったな」

「はい。学校や勤め先のことなんかを」

「そしてそれ以降は、ほぼ話していない」

「私は……話しかけようとしました」

うつむく松谷さんに対し、谷越はそっぽを向いている。

「このことからわかるのは一つ。松谷は、谷越がつきあうべき人間ではないと見なされ、視界から排除されたということだ」

「そんな！」

僕は耳を疑った。視界から排除？　つまり、谷越はたった一回喋っただけで、松谷さんという女の子を不必要な存在にしたのか。

「現在の松谷の状況を言葉にしてみれば、よくわかる。松谷は高卒。名のある大学どころか、そもそも入学していない。じゃあ何かのプロフェッショナルかというと、フリーターで資格もない。ボランティアをしているからお嬢様かと思いきや家も普通で、将来の夢も平凡。このプロフィールを履歴書やお見合いの釣書に書かなきゃいけなくなったとしたら、一体何を書けばいい？」

鳥井の言葉に、僕はちょっとむっとしてしまった。確かに何もないけど、それが非難される理由になるなんて、おかしすぎる。

「何って……いいじゃないか、働いて自立してるんだから」

「ところが、谷越にとってはそうじゃない。谷越はつきあう相手を、メリットとデメリットを秤にかけて選ぶ。これでもし松谷が獣医志望だったり、金持ちの娘だったりしたら関係はぐっと変わってきたろうが、残念ながらこのプロフィールでは、谷越にとって松谷は無価値な人間だった。それがわかった時点で、谷越は未来につながらない相手に時間を割《さ》くのをやめたのさ」

「無価値な人間……？」

僕は自分の耳を疑った。するとさらに信じられないことに、谷越が笑った。

「ひどい言われようだな。でも、その谷越ってやつにも一理あるとは思わないか？　最近、この子みたいにふらふら生きてる若い奴って多いだろう」

「だから、なんなんですか」

真っ青な顔で、松谷さんが声を上げる。

「甘いんだよね、生き方が。ただ自分が楽ならいいって感じで、将来のことなんか何も考えてない」

「夢なら、あります！　ペットと一緒に入れる……」

「カフェだっけ？　じゃあそのカフェで働けばいい。雑貨屋なんかにいないで。調理師の資格とか、飲食店経営の許可証とか、将来のためにやるべきことは山ほどあるよね？」

「それは、そうですけど……」

「だったらボランティアなんてやってないで、すぐにそっちを始めればいい。それをしてないってことは、つまり君の夢なんて所詮子供の空想、現実にちっとも足が着いてないってことだよ。俺は、子供と話をしてる時間はないんだ」

ものすごく口惜しいことに、どうやら僕は頭のどこかで谷越の意見の正しさを認めていた。それは松谷さんも同じらしく、反論はしたいのだけれど、という表情で黙って唇を噛みしめている。鳥井はそんな僕らを気にした風もなく、淡々と話を続けた。

「次に、ホームレスの証言。野良猫を可愛がっているホームレスは、背広を着た男にこの通用門付近で何度か遭遇している。そしてその男は、ホームレスに向かって罵声を浴びせたり、足で蹴ったりしたと言う」

「最低ね」

ぼそりと、美月ちゃんがつぶやく。

「背広で動物園に来て、なおかつこの事務所のそばにいるのは営業マンである可能性が高い。しかも、足で蹴るという行為まで似通っているのなら、これは猫に暴力をふるった犯人と同一人物だと考えるのが自然だ。そしてそれをさらに谷越に当てはめて考えるなら、その精神回路はぴたりと一致する。

すなわち、したくもない仕事で来たくもない場所に来て、苛々としている肩書き至上主義の男。そいつにとって、ホームレスなんてのは無価値な人間どころか、野良猫と同じで雑草以下の価値しかなかっただろう」

谷越は無表情なまま、鳥井の推理を聞いていた。ここ最近のことを思い出し、僕は鳥井が松谷さんとガンちゃんに同じような質問をしたのが何故だか、ようやく理解できた。

「かたやなんの肩書きも資格もない小娘。そしてかたや知恵遅れのホームレス。そいつが馬鹿にするには絶好の人間だ。谷越は、ここへ来るたびに猫やホームレスを苛め、松谷を無視して嘲っては日頃のストレスを発散していたんだろう。もしかしたら、ボランティアの中でも役に立ちそうな人間を選んで、松谷の悪口を言っていたかもしれない」

「だから明子ちゃんは、孤立していたんか」

安次朗さんが、谷越をきっと睨む。すると谷越は視線を逸《そ》らし、うそぶいた。

「別に悪口なんか言いませんよ。ただ、思ったことを言っただけです。あの子、ここへ何しに来てるんだろう。もしかしたら、彼氏でも探しに来てるんじゃないの、って」

それを聞いた男のボランティアは、ならば自分がと立候補し、女のボランティアはそんな理由で来るなんて、と不愉快になる。一つの言葉が、池に投げ込まれた石のように波紋を広げていった。松谷さんは、その奇妙な渦に巻き込まれていたのだ。

猫とガンちゃんと松谷さん。鳥井はこの事件から、三つの被害者をすくい上げてみせた。

「動物を虐待する人間は、エスカレートするとやがて弱者へとその矛先を向ける。例えば子供や年寄り、女などに。この二人は、動物園の周囲で最も目をつけられやすい人間だったのさ」

「でも、お年寄りだって沢山いただろう」

「安次朗みたいに弁の立つ年寄りはやっかいな相手だし、かといって群れてる奴等には手出しができない。そこで松谷が目についたのさ。男に目をつけられやすく、女友達が少なくなって孤立した松谷は、いつも不安そうな笑顔で辺りを見回している。それを真正面から無視するのは、さぞかし気分が良かったんだろうな、谷越」

谷越は、さすがに口をつぐんだ。

「都合のいいことに、孤立した存在の松谷はそんな不安をうち明ける相手もいなかった。しかもそんな証拠のない不快さなんて、口にしたところで誰も聞いちゃくれなかっただろうしな」

気分が悪くなる。周到に自分の立場を守ったまま行われる谷越の行動は、嫌らしい機知に満ちていた。

「ちょっと口にしただけで、そんなことになるなんて想像もつかなかったな。あと、彼女のことは気づかなかったことが多いんだ。あるいは、向こうが忙しそうだから声をかけるまでもないと思ったかだよ」

想像通りの答を、谷越は口にした。

「これ、俺が悪いってことになる？」

松谷さんは怒りと衝撃で、言葉もなく谷越を見つめている。そのとき、美月ちゃんが静かに言った。

「悪いに決まってるじゃない」

「へえ、なんで?」

白々しく谷越が笑う。多分、美月ちゃんも彼にとっては無害な小娘にしか映っていないのだろう。

「もしあなたが今まで話に出てきた軽犯罪をやっていないとしても、最後の松谷さんに関する発言だけは認めたわね」

「だから?」

「大人のくせに、頭が悪すぎるわ」

「なんだと、もう一度言ってみろよ」

谷越の雰囲気が一変した。美月ちゃんの一言が、彼の逆鱗《げきりん》に触れたのだ。

「そういうことを言ったら、どういう結果を生むのか。何をしたら、何が起こるのか。それを考えずに口に出すのって、ある意味犯罪よりもたちが悪いわ。思ったままを口に出すのは、子供か馬鹿な大人のする事よ」

「お前、大人を馬鹿にしたらどうなるかわかってるのか」

今にも手を出しそうな勢いで、谷越が身を乗り出す。そんな緊迫した空気の中、やけにのんきな声が聞こえた。見ると、鳥井が大あくびをしている。

「ああ、悪い。でもなんだか面倒臭くなってきたからな。そいつの言うとおり、馬鹿につきあうのも疲れた」

「なんだと！　まともに社会に出たこともないくせに！」

　なるほど。谷越は他人を馬鹿にするくせに、自分が馬鹿にされるのは大嫌いなのだ。つまり、馬鹿にされないために、先に馬鹿にしている。そのときようやく、僕には谷越という人間が理解できた気がした。

きっと彼は、おびえているのだ。いつか馬鹿にされる、いつか下に見られる、それを恐れるあまりに、過剰防衛の檻で自分を囲っている。そんな彼を動揺させるには、されたくないことをしてやればいい。それを見抜いた美月ちゃんと鳥井は、馬鹿という言葉を重ねたのだ。

「鳥井、お前は昔っからそうだ！　いつもすべてがわかってるような顔をして、俺を見下しやがって。大体、こいつらはなんだよ？　江畑さんはともかく、小娘に年寄り、それにひきこもりだと？　ふざけるのもいいかげんにしろ。社会の外れ者ばっかり集まりやがって。坂木も、鳥井のことばっか見てたよな。気持ち悪りい、ホモか？」

動揺のあまり、谷越は耳を塞ぎたくなるような台詞を喋り続ける。しかし、彼がどんな悪意を垂れ流そうとも、もう僕の胸には響かない。

「谷越、いいかげんにしないと」

「うるせえ、ホモがわかったような顔してるんじゃねえよ。お前こそ、鳥井の後ばっかりついてまわって、馬鹿じゃねえか。そういうの、金魚の糞みたいな人生って言うんだよ」

「おい、今坂木に何を言った」

谷越の悪口に、今度は鳥井が反応してしまった。彼は、僕が他人に悪く言われることが耐えられない。僕はとりあえず、鳥井の手の届く範囲に投げつけるような物がないかを確認した。そのとき。

スローモーションで、谷越の顔に誰かの手が近づいた。


「いいかげんにしなさいよっ！」

ひどくうわずった声で、松谷さんが叫んだ。どうやら、彼女が谷越を平手打ちしたらしい。

「あなたがしたことが、たいしたことじゃないなら、これでも平気でしょ、ほらっ！」

そう言いながら、松谷さんはポケットから何かを出して谷越の口に押しこんだ。

「毒じゃないし、栄養もあるから、私は悪くないわよね？　あなたの理屈で言えば、そういうことになるでしょ。私はあなたにカルシウムが足りないって思ったから、食べさせてあげてるんだもの！」

松谷さんは、泣きながら谷越の口にぎゅうぎゅうと何かを詰め込み続けている。谷越はまだ自分に何が起こったのか理解できないらしく、目を白黒させていた。

「あ、『こんにちはセット』……」

安次朗さんのつぶやきで、僕は銀色のそれが何なのかを知る。彼女は、野良猫用に持ち歩いている煮干しを詰め込んでいたのだ。

「どうして、どうして私たちを放っておいてくれないの？　あんたみたいな人たちのせいで、私は！」

松谷さんの叫ぶ言葉に、僕は首をひねる。何か、微妙に違ってはいないか。私たち、って？

「もう、充分じゃろ」

なおもポケットから煮干しを取り出した彼女に、安次朗さんがそっと声をかけた。松谷さんはそこで初めて我に返ったらしく、すとんと椅子に腰を下ろした。肩で大きく息をしながら、手の中の砕けた煮干しをじっと見つめる。口一杯に煮干しを詰め込まれた谷越は、しばらく呆然と椅子に座っていたが、いきなり立ち上がって扉の向こうに消えた。多分、口の中の物を吐き出しに行ったのだろう。

「ほら、落ち着いて。大丈夫じゃよ。明子ちゃんはなんも悪いことはしとらん」

松谷さんの背中を、安次朗さんの皺だらけの手がとんとんと叩く。そのリズムは、彼女の息が治まるまで、ゆるやかに長く続いた。

やがて、谷越が戻ってきた。相変わらず憤怒の形相はしているものの、ほんの少し落ち着いたようだ。そこに、軽い調子で鳥井が声をかける。

「よう、やっとここがどこだか思い出したようだな」

「……お前、それを狙ってたのか」

ああ、と僕は得心した。鳥井は、僕がいじめを止めさせたときと同じ手を使ったのだ。すなわち、権力のある第三者の前での暴露。僕のときは隣のクラスの先生だったけれど、今は江畑さんがその立場に当たる。たとえいじめがないと言い張っても、谷越が猫を虐待していないと言い張っても、疑わしい印象は残り続ける。それによって、谷越は次の行動をとりづらくなる。あくまで、谷越がそこまでの悪人ではないということが土台になっている理論ではあるが。

「谷越さん」

そのとき、静かに江畑さんが口を開いた。

「私は、今ここで鳥井さんが話されたことを、百パーセント信じるわけではありません」

「そ、そうですよね。冷静になって考えれば、こいつの言っていることがただのいいがかりだってわかりますからね」

しどろもどろに谷越が弁解をすると、江畑さんはゆっくりと頭を下げる。

「ですが、大変申し訳ありません。私は今後、あなたと仕事をさせていただこうとは思いません。勿論、エース製薬さんとは今後も良いおつきあいをさせていただくつもりですので、ご安心を」

「そんな、江畑さん。立証も出来ない事件で、俺を首にするつもりですか？　そんな理屈、俺の上司に通じませんよ」

「この場合、私の一存で、ということになりますね。気が合わなかったので、誰か違う方にとお願いする形になるでしょう。もしくは、当園のボランティアとトラブルを起こしたと報告されたければ、そうさせていただきますが」

おだやかな表情をしているものの、江畑さんは谷越を追いつめていた。谷越はさすがに言葉に詰まって、下を向く。鳥井はそんな谷越に向かって、こう告げた。

「さて、谷越。俺はこれからお前にとって、もっともっと不快な話をするぞ。それが嫌なら、帰れ。聞く勇気があるなら、いろ」

谷越はしばらく考えた後に、黙ってうなずく。その姿から、先刻のような悪意に燃えた雰囲気は感じない。しかし鳥井は一体、何を話そうというのだろうか。謎解きを終え、あとは谷越が去ればこの場は大団円だと僕は思っていたのに。

室内には未だ、気まずい沈黙が漂っている。

第九章　レミングの顔

「皆さん、ちょっと一息いれませんか」

　気をきかせた寺田さんが、外の自動販売機で温かい飲み物を買ってきてくれた。それぞれが礼を言いながら受け取る中、谷越だけはうつむいている。寺田さんは、そんな彼にも臆することなく缶コーヒーを差し出した。

「どうぞ、飲んで下さい」

　いぶかしそうな顔をしながらも、谷越は寺田さんからコーヒーを受け取る。軽い会釈。僕はこのとき初めて、寺田さんという女性を魅力的に感じた。

「さて、鳥井さん。この後のお話というのは」

　一息ついたところで、江畑さんがたずねる。あたたかいものを飲んだからだろうか、場の雰囲気が少しゆるんだようだ。

「そうだな。何から話せばいいのか……最終的には松谷の話だが、傷つきついでに谷越からにするか。お前、また激昂するなよ」

「する気力もねえよ」

　投げ捨てるような谷越の言葉に鳥井はうなずくと、再び口を開いた。

「俺は、谷越が嫌いだ」

「はあ？　今さら何言ってんだよ」

「まあ聞け。そしてもう一人、松谷も嫌いだ」

「ええ？」

その場にいた全員が、驚いて鳥井を見つめた。何を言い出すんだ、安次朗さんはそう鳥井に詰め寄る。しかし鳥井はそれを手で制した。

「安次朗、わかってんだろ。なんとかしたいと思ってんなら、ここが引き返し地点になるんだ」

「しんちゃん、お前さん……」

「人前で話すのが気に入らないなら、俺はここで手を引かせてもらう」

僕には、二人の会話の内容が全くわからない。引き返し地点、とは何のことを指しているのか。しかし安次朗さんはその言葉に深くうなずいた。それに応じたように、鳥井は話を続ける。

「この二人には、共通した部分がある。俺にはそれが、どうしても好きになれない。それは現実を直視せず、自分の責任、人生さえも他人まかせにしようとしているところだ。乱暴に言えば、主体性のなさ。自分の意見がないところとも言える」

「俺に、自分の意見がないって？」

谷越が意外そうな顔をする。確かに、彼は確固たる己があるようなタイプに見えるのだが。

「そうだ。いかにも自分の意志で動いてますって顔をしてても、お前は他人の言葉に従って生きている。昔、中学にいた頃、俺が言ったことを忘れたのか。お前にはたくさんの神様がいる。

俺はそう言ったよな」

「ああ……」

「その神様は、たとえば流行だ。流行っていれば良い。流行っていなければ悪い。お前はそんな二元論で行動していた。しかし、流行というのは誰かが決めたもので、お前が考え出したものじゃない」

しかし中学生にとって、新しい物、流行っている物を肯定するなという方が無理だろう。僕はそんなことをふと考える。

「それからお前のブランド信仰。これは洋服の事じゃなくて、大学や会社のことだ。お前は何かを決めるとき、必ず一番名の知れたものを選ぶ。よらば大樹の蔭という言い方もできるがな」

聞こえの良い大学、誰に言ってもわかってもらえる会社。谷越は確かに、そういった雰囲気で物事を選択してきたのだろう。でも僕にはそんな考えを否定することはできない。人は、どうしたって安心を求めたくなるものだから。

「そして、お前の行動には必ず大義名分、つまり言い訳がついている。みんなが行くから、みんなのためだから、有名なところにはみんなに支持されるだけの価値があるから、お前を見てると始終そう叫んでいるようだった」

自分が行きたいところを、自分で選ぶ。至極当たり前のことなのに、それができないのはなぜなんだろう。鳥井が谷越に対して放つ言葉は、そのまま僕にも突き刺さってくる。なんだか、他人事じゃない。

「どうしてそうなったのかは知らないが、お前は世間に言い訳がたつことしかしたくないようだった」

みんなのため、お前のため、谷越は呪文のようにそう言っていたっけ。それはもしかすると、彼の免罪符だったのかもしれない。

「しかし、それだけならまだいい。お前の困ったところは、世間が認めたもの以外を否定するところだ。有名じゃない大学は価値がない、大きくない会社は価値がない。そして自分の知らない道を歩んでいる人間は大馬鹿者。そうやって他人を見下しながら生きてきたから、それを手に入れられなかったときのショックが大きい」

そこまで聞いて、僕ははたと気づいた。

「そうか、会社のリストラが、初めての挫折だったんだ。だから、そんなに苛々してたんだな」

「そんなことは！」

「ない、と言えるのか」

思わず声を上げた谷越を、鳥井が言葉で制した。そして、静かにこうつぶやく。

「俺の祖母も、お前に似てる部分を持っていた。世間体至上主義で、口癖はそんなことしたら世間体が悪い、だ。ご近所さまに顔向けできない、とかもよく言ってたな。そんな刷り込みを、お前も受けていたのさ」

違う、と僕は心の中で叫んだ。お祖母さんは、鳥井をきちんとした人間に育てたかっただけなんだ。片親だから、母親がいないから、そう言われないように、細心の注意を払って鳥井に礼儀を教え込んでいたんだろう。そのとき、僕と同じことを安次朗さんが口にした。

「違うよ、しんちゃん。きっと、谷越さんの親もそういう部分があるんだろうけど、親にしてみれば息子に良い人生を歩いてもらいたいのは当然だ。有名なのがいいとは限らない、そんなことは誰だって知ってるよ。でも、そこに一理はある。だからこそ、勧めてしまうんじゃないのかね」

「つまり世間体の押しつけは、善意の結果だと?」

鳥井が、冷たいまなざしで安次朗さんを見つめる。

「少なくとも、悪意から発生したことじゃないのは、確かじゃないかね。問題は、それをどう受け止めるかで」

安次朗さんは、鳥井の瞳をじっと見つめ返した。ここにも、まっすぐな人がいる。

「谷越さんは、それを疑問も持たずに受け止め、よく考えもしないで従ったから自分の判断基準ちゅうものをなくしてしまった。それだけのことじゃないかね」

しばらく間をおいてから、鳥井がふっと息をついた。

「安次朗の言うことも、一理はあるんだろうな。そもそも、現代の日本人には神の観念が薄いんだし」

「神の観念?」

「善悪の基準、とでも言えばわかりやすいかもしれない。宗教は道徳を教えるという一面も持っているから、誰もが納得する判断基準を与えるものでもあるのさ。その宗教色が薄いということは、罪の概念も薄いということだ。つまり、神の教えを守る人間ならば、最低限してはいけないことというのがあるだろう」

それを聞いて、僕はガンちゃんを思い出した。確かキリスト教には十戒というのがあったっけ。

「何か悪いことをしようとしたとき、こんなことをしたら天罰が下る、とか地獄に堕ちる、なんて考えが浮かばない人間は、心の中に神様どころか、誰も住んでいないのさ。別に宗教じゃなくてもいい。そいつの前でこれができるか、これをしても自分はそいつの目を見られるか、そういう相手を心の中に持っていれば、最低限の道徳は身につくはずだ」

そう。僕の中には鳥井が住んでいる。そして僕は、鳥井の前で猫を蹴り上げたりなんて、できるはずもない。したくもないけれど。

「わしらが若い時分には、それが陛下だったこともあるなあ」

遠くを見るように、安次朗さんがつぶやいた。陛下の治めているこの国で、陛下に顔向けできないようなことは、わしはできなかったね。

「わかったわ。つまり、世間体と道徳観念が分離してることが問題なのね」

それまで大人しく耳を傾けていた美月ちゃんが、ぽんと手を叩いた。

「そうでしょ。谷越さんの中にある世間体っていうのは、ただ単に聞こえを良くすることで、人間として正しくあろうという考えから派生したものじゃないんだわ。えっと、つまり公衆道徳がないのよ。自分が良ければそれでいい、そういう感じなのね」

「なるほど。世間体と道徳観念は、一つになってしかるべきものだ。なのに現代では、世間体だけが一人歩きして、公衆道徳を学びにくい。家族やお年寄りといった存在が、機能しにくいんだもの。仕方のないことかもしれないね」

寺田さんが寂しそうにうなずく。そして僕は、自分の祖父母のことを思い出した。それは、乾いたあたたかい手のひらの記憶。両親に叱られたとき、誰かの悪意を目の当たりにしたとき、祖父母は決まって僕の頭を撫でてくれた。先刻安次朗さんがそうしたように、一定のリズムを持ってゆっくりと。そうすると、強がっているときでも不思議に涙が出た。思いきり泣いたらすっきりするものだと知ったのは、このときだったっけ。

そんな祖父母を思えば、お年寄りには優しくしたくなる。そうした心の動きが、谷越にはなかったのだろうか。僕は、谷越がどういう家族とどういう時間を過ごしたのかが気になった。

ところで、と鳥井が谷越を見つめた。谷越は、居心地が悪そうに視線を逸らす。

「谷越、そういや昔、お前は飲み終わったジュースの缶を他人の自転車の籠に入れてたよな」

中学生の頃、まだ鳥井と谷越が悶着を起こす前、僕らは何回か途中まで一緒に帰ったことがある。とはいえ、それぞれの友人を含めた大所帯で移動していただけだから、「一緒に帰った」というほどでもなかったけど。そのとき、帰る道すがら飲んでいたジュースの缶を、谷越はごく自然に道ばたに止めてある自転車の籠に入れたことがあった。そのときは、鳥井が注意したのだけど、見ていた僕は本当に驚いたものだ。

「だって、違法に路駐してあるチャリだぜ。向こうが悪いんだよ。そのぐらいされて当然さ」

それに籠の中には、先客のゴミがあったからそうしたんだよ。谷越は口ごもりながら、そんなことを言った。

「ほら、また誰かのせいだ。いいかげん気づけよ。じゃあ、お前のやったことは当たり前で、誰もがしていいことなのか？」

「えっ……」

生意気な態度をとったから、苛めた。ゴミが捨ててあったから、その上に捨てた。エスカレートすれば、社会が悪いから自分は不幸だと言い出すんだろうな、そう鳥井は告げる。

「そのぐらいされて当然、そう思うなら、お前だって猫と同じ目にあわされて当然だ。なのにさっき、その事実を知ってなお寺田がお前にコーヒーをくれたのはなんでだろうな？」

鳥井の追及に、谷越は黙ってうつむいた。

「その答を考えろ。わからなくても、考えろ。それがお前の義務だ」

谷越は、ただ下を向いたまま、こくりとうなずいた。両手に缶コーヒーを握りしめたまま。彼はもう、この缶をどこかに投げ捨てることはしないのだろうと僕は思った。

「さて、次は松谷の番だ。こっちのが簡単だがな」

少し疲れたのか、息をつきながら鳥井は松谷さんを見る。松谷さんは一瞬びくりと身を固くしたものの、決意を込めたように顔を上げた。

「私、何を言われても大丈夫ですから、遠慮なく言って下さい」

「なら言おう。谷越は世間体と道徳観念が分離している上に、判断基準を他人任せにしてきた。それに対し、松谷は世間体と道徳観念にとらわれすぎて、がんじがらめになっている」

「えーと、それって悪いことなのかな?」

松谷さんに共感するところも多い僕は、恐る恐る鳥井にたずねる。すると鳥井は、珍しく眉間に皺を寄せた。

「坂木の言うとおり、これは犯罪についての話じゃない。だから俺はあえて、松谷のことが『嫌い』だと言った。つまり、松谷は第三者に対して積極的に何かをしているわけではないから、放っておいても構わない。ただ……」

「ただ?」

「安次朗が気になってる風だったから、ついでに言及するまでだ」

横を見ると、安次朗さんは悪いね、と手を上げている。

「話を元に戻すと、松谷の行動を見ていればわかることだ。そうだな、滝本美月?」

それは松谷は世間体と道徳観念に気を取られるあまり、自分の意見をなくした。

いきなり話を振られた美月ちゃんは、それでもしばらく考えた後、しっかりとした口調で喋りだした。

「そうね。私も鳥井さんと同じで松谷さんが嫌いだった。理由はわからなかったけど、今の鳥井さんの説明で納得がいったわ。松谷さんの反応には、これっぽっちも自分の意見がないのよ。何に対しても、ものすごく一本調子な一般論しか口にしない。そんなのわかりきってるわよって、すごく苛々した」

思い返せば、確かに美月ちゃんはこの短い間に、何度となく松谷さんに対して厳しい言葉を投げつけていたような気がする。そして、それにも増して印象深いのが、美月ちゃん言うところの「一般論」だった。そのせいなのか、僕の中で松谷さんはとても曖昧な輪郭をしている。

「なんていうか、行動のすべてが他人の目を意識してるっていうか、誰にも責められないようにしてるっていうか、そんな感じがしたわ」

猫が虐待されるのは可哀相、女の子だから雑貨屋が好き、いつかはカフェをやりたい、優しい人になりたい、ゴミは道ばたに捨てたらいけません。そんな台詞に、松谷さんは包まれている。

「こう言っておけば、誰も不快に思わないし、突っ込まれることもない。そういうバリアみたいなものを感じるわ。そう言えば、私のクラスメートにもそんな子がいたわ。

その子は、いつでも好きなもののことしか喋らなかった。まるで少女小説に出てくるヒロインみたいに、際限なく『よかった探し』をしてたわ。最初は私もいい子だなって思った。でも、あるとき見えちゃったの。クラスの男子が、何気なくアイスクリームが似合う子っていいよな、そう喋ってた翌日、彼女の好物は一夜にしてケーキからアイスクリームに変わってたの」

「はあはあ、よくありがちなことじゃの。男性受けを良くするために、上っ面を取り繕う女の子ってな、いつの時代にもいるもんだよ」

ま、それを可愛いと思えるようになると、またいいもんじゃが。そう言って安次朗さんはひやひやと笑った。
「でもね安次朗さん、それだけだったら私も納得したと思うわ。ああ、この子は欲望に忠実なんだなって。それは理解できるもの。でもね、私が理解できなかったのはその先なの。

私は、ある日彼女にたずねてみたわ。ねえ、あなたってかなり知能犯ね。でも、きれいで可愛いばっかり言ってたら、たまに疲れない？　私はそこで彼女がぺろっと舌を出して、ばれちゃった？　でも、秘密にしといてね。なんて言うのを期待してたわ。あるいは、いきなり怒り出してその場を立ち去るかもって思ってた。けど、彼女の反応はそのどちらでもなかったの。

彼女、ごく自然にいつもの可愛い笑顔で、私に言ったわ。

知能犯って、なんのこと？　私は本当にアイスクリームが大好きなのよ。ケーキは、なんだかこの頃食べたくないの。どうしてかしらね？

私、そのときは本当にぞっとしたわ。言葉の通じないエイリアンが目の前で笑ってる。そうとしか思えなかったから。その後、私がどんなに追及しても、彼女は心の底から不思議そうにしてるだけだった。

それからも彼女は男子の言葉によって、服や音楽、本の趣味がころころ変わったわ。私はそれ以来、一般論ばかり口にする人が苦手になったのかもしれない」

見ると、松谷さんは真っ青な顔をしている。やはり、美月ちゃんの話したことが的中していたのだろうか。鳥井は、そんな彼女を見てぼそりと言った。

「けれど滝本美月、お前は松谷のことを嫌いだった、と過去形で表現した」

「そうよ。だって私、さっき本当の松谷さんを見たもの。谷越さんに煮干しを詰め込む姿は、ちょっと格好良かったわ」

そう答えた美月ちゃんは、初めて松谷さんに対して笑いかけた。見る見る、松谷さんの頰に赤みがさす。

「いえあの、あれは……」

「失礼なことをしました、なんて弁解したら承知しないわよ」

松谷さんが開きかけた口を、美月ちゃんが制した。つかの間、皆の間に微笑ましい雰囲気が流れる。しかしその雰囲気も、次の鳥井の台詞で再び凍りついた。

「問題のクラスメートは、本人が認めなくても、男受けという原則に従って行動していた。なら松谷、お前の原則はなんだ？」

そうなってしまった原因、それを聞かれた松谷さんは再び顔色を変える。もしかして、何か深い事情があるのだろうか。そんな松谷さんに、安次朗さんがそっと声をかけた。

「明子ちゃん、あまり辛いなら無理はせんでいいよ。けど、ここで話してしまった方が、きっとこの先あんたは楽になる、わしはそう思っとる」

「楽に、なる……？」

泣きそうな顔をした松谷さんが、安次朗さんを見上げる。

「そう。明子ちゃんの中でがんじがらめに固まってるもんが、ちっとはほどけるかもしれない」

安次朗さんの言葉に、松谷さんは小さくうなずいた。その拍子に、涙がぽろりとこぼれ落ちる。

「わたし、わたし……！」

そのまま、松谷さんは静かに泣き続けた。鳥井はそれを横目で見ると、仕様がないといった風に説明を始める。

「きっかけを作ってやるから、答える気があるなら答えろ。

松谷はさっき、谷越に向かってこう言ったな。どうして私たちを放っておいてくれないの、と。つまり松谷は、以前にも谷越のようなタイプの人間に遭遇している可能性が高い。そして私たち、という複数形。これは谷越のような人間にとって、松谷を含む数名が被害を受けたのだという印象が残る。さらに、松谷がいい人であること、普通であることに固執することを考えてみれば、答は出る。

松谷は以前、谷越のようなタイプの人間といさかいを起こし、それを反面教師として、そうはならないように暮らすことにした。違うか？」

美月ちゃんが差し出したハンカチで涙を拭いながら、松谷さんはうなずいた。

「……私の実家は、ごく普通の住宅街にありました。駅に近いから便利で、すごく暮らしやすい場所です。そこに、家族みんなで仲良く住んでいました」

彼女の話は、すべてが過去形で進む。

「私が小さい頃は、その駅も小さくて、家の前の道路で遊べるほどのんびりした町でした。けど、しばらくすると住宅地として人気が出てきて、周りには大きなマンションがいくつも建ち、人がどんどん増えて、駅前は手狭になっていきました。もう一度言いますが、私の家は駅のすぐ近くです。すると、どういうことが起きたかおわかりになりますか、谷越さん？」

今度は谷越が驚いて、しどろもどろになる番だった。

「えっ？　人が増えると？　人が増えると……人通りが増える。それでうるさくなったとか？」

「少し、当たりです。ただそれが、急でした。狭い駅前はあっという間に混雑し、路上駐車の自転車が道から溢れ出ました。行政の用意する駐輪場は、焼け石に水ほどの効果もなくて、溢れ出した自転車の波は、私の家の前にまで及びました。

ものすごく邪魔でしたが、何度ロープや張り紙をしてもそれは続き、しまいには私たち家族の方が疲れてしまいました。そして撤去することを諦めると、今度は放置自転車が現れました。何日経っても持ち主の現れない自転車に、人は駅前で買ったジュースや菓子のゴミを詰め込んでいきます。ずっと、自分の家の玄関にゴミ入りの自転車があるんですよ？　だんだん、私たちは気が滅入ってきました」

「業者を頼んで、撤去したことはないの？」

寺田さんの質問に、松谷さんは寂しそうに首を振った。

「ありますよ。一ヶ月近く放置されたものばかりを、わざわざ私たちがお金を払って撤去したことも。そうしたら、信じられないことに、持ち主が怒って電話をかけてきたんですよ？　俺がちょっと置いておいた自転車を勝手に処分しやがって、弁償しろって。私たちは、撤去の予定日をそれぞれの自転車に貼って、一ヶ月待ったっていうのに」

僕は聞いていて、ぐったりと疲れてきた。人は、どうしてこうなのだろう？　放置自転車との攻防は、途切れることのない無意識の悪意との闘いだ。

「でも、それが原因で？」

不思議そうに江畑さんがたずね、他の皆も首をかしげていた。その中で唯一鳥井が、言葉を返す。

「他にも顔の見えない他人による被害が続いた。そうじゃないのか？　例えば、塀の上に缶や瓶を置かれたり、いたずら書きをされたり」

「はい。その二つがひどくなったのは、家の向かいの道路にコンビニエンスストアができてからです。ただでさえ人が多いところへ、深夜まで近所の若者がたむろするようになりました。コンビニで食べ物を買い、彼らは家の塀にもたれて延々とお喋りしました。ゴミは当然自転車の籠です。その頃から、祖父はよく眠れないとこぼすようになりました。窓の外で深夜まで騒がれちゃ、当然ですよね。そしてある日……」

できれば、その先は聞きたくなかった。聞かなくても、わかるような気がしたから。

「祖父が、心臓の発作を起こしました。もともと丈夫な方ではなかったんですが、毎日苛々して睡眠が浅かったことも、原因の一つだろうってお医者さんは言ってました。慌てて救急車を呼んだんですけど、間に合わなかった」

「まさか、それって……」

谷越が、恐ろしいものを見たような表情になった。

「放置自転車のせいよ！　駅の向こう側から来た救急車は、最短距離の商店街を抜けようとして、時間をロスしたんです。しかも、戻ろうにも後ろからどんどん歩行者と、新たな自転車が増えてゆく。しびれを切らした救急隊員さんが、車を降りて走ってきてくれたときには、もう手遅れだった……」

そのときのことを思い出したように厳しい表情で、松谷さんは谷越を指さした。

「こういう人のせいで私のおじいちゃんは死んだの！　こういう人の置いた自転車のせいで！」

誰も、何も言えなかった。言う資格がないように、感じたのだ。

「……それからは、坂を転げ落ちるようだった。お葬式のときまで、家のそばに置かれた自転車を、父は蹴り倒して泣いていました。生まれたときから住んでいた町だけど、私たちはもうそこにはいられなかった。息苦しくて、毎日苛々して、一刻も早く逃げ出したかった。私が生まれた頃に、お父さんが頑張って手に入れたマイホームだったのに。そう言って母は泣きました。

そして両親は、もっと人の住んでいない、駅から遠く離れた田舎に引っ越していきました。でも私は就職や将来のことを考えて、しばらく東京に残ってみることにしました。もちろん、新しい家は駅から遠い所にあります。

大好きだったおじいちゃんを失くし、家を失くし、両親とも離れ、しばらく私は抜け殻のようでした。だって、心に憎しみが渦を巻いているのに、誰を憎んだらいいのかわからなかったからです。顔の見えないたくさんの人に、私のおじいちゃんは殺された。そう考えると、目に入るすべての人が憎く思えてきました。でも……」

「でも？」

安次朗さんの声に、松谷さんは再び涙を流す。

「じゃあ私は、誰かの心にストレスをかけるようなことを、一切しなかったと言えるのかしら？　そう自問したときに、すっと恐くなったんです。もしかしたら、とても滅入ってる人のそばで、大声で笑ったりとか、そういうことをしてこなかったかしらって。

それ以来、私は誰かの嫌なことをするのが恐くなりました。ふとしたことが、誰かの死の引き金になる。それを知ってしまったら、否定的なことは口に出せなくなったんです」

だから松谷さんは、同僚からの誘いを上手に断ることができなかったのか。それに気づいた僕は、彼女の傷の深さを思った。さらに言えば、彼女が安次朗さんと仲がいいのは、そこにおじいさんの面影を見ていたからではないだろうか。

悲しくて、やりきれなかった。僕は拳を強く、爪が皮膚に食い込むほど強く握りしめた。小さな小さな、見て見ぬふりをしながら行うような悪意が、いつしか大きな波となって松谷さんの家族を襲った。どうして、どうして僕らはこうなんだろう？　聖人君子になれと言っているわけじゃない。ただ、そうされたら嫌なことを、どうしてもう一歩踏み込んで考えることができないのか。僕は、捕らえられた動物の前で頭を垂れる松谷さんの気持ちが、今こそ痛いほど理解できた。「ごめんね。こんなに汚い人間でごめんね。人間ってこんなに勝手でごめんね」やり場のない悲しさと空しさ、人間という存在の矛盾。彼女はそれを動物たちにつぶやいていたのではないだろうか。

しんとした空気が、部屋に流れた。そんな中、安次朗さんがそっと松谷さんの肩を叩く。

「明子ちゃんは、これから正しい悪口をしんちゃんに教えてもらうといい」

「俺より滝本美月の方が適任だ」

「そんなことないわ。鳥井さんで充分よ。私には毒舌の才能なんてないもの」

妙に息の合った喧嘩をする二人を見て、松谷さんはやっと笑顔を見せた。

「鳥井さんも美月さんも、どうしてそんなに心が自由なの？　人に嫌われることを、恐れてないみたい」

確かに。どんぞこまで落ち、逆に恐いものがなくなったような鳥井と、美月ちゃんの喋り方はなぜか似通ったところがある。よもや彼女が辛い体験をしたとは思えないのだけれど。

「嫌われてもいいわ。だって、好きじゃない人に嫌われても私、へっちゃらだもの。あ、でも道徳的なことは守ってるつもりよ？」

美月ちゃんの発言に、僕は目からうろこが落ちた。

「全部の人に好かれようなんて、どだい無理な話よ。誰とも摩擦を起こさない聖人君子なんて、いるわけないもの。だから私、好きな人に好かれるための努力はするけど、そうじゃない人から嫌われるのはちっとも気にしない。ただ、相手の言うことには耳を傾けるようにしてる。もしかしたら、相手が言ってることが合ってるかもしれないし」

「でも、嫌われるってことは誰かを不快にしてるってことでしょ？　それって迷惑をかけてるってことなんじゃないの？」

「迷惑？　それを迷惑だと思うんなら、誰とも接触せずに田舎にいた方がいいわ。他人とぶつかって、意見が食い違って、それから理解しようと手をのばす。これがコミュニケーションってやつじゃないの？」

「コミュニケーションのための摩擦と、公衆道徳的な悪意は違う。あんたは人に嫌われることばかり考えて、自分の心を檻に入れてるのさ」

誰かとぶつからないために、心を檻に入れた。それはまるで、鳥井自身を示したような表現だった。

「そして、摩擦を避けるような対応をしていくうちに、いつしかあんたの心は気づいてしまった」

「気づいたって、なんですか？」

「そうしてた方が楽だってことにだ。中庸をとって、一般論を口にしてりゃ、世間は暮らしやすいだろう。ただな、それじゃ気持ちわりぃんだよ。お前の言う『正しい』台詞は、全部お前のものじゃない。お前の心から出た言葉じゃないから、おかしな印象になるんだ」

鳥井の言葉は、静かに僕の胸を刺した。「いい人」でいたかった僕の中にも、エゴにまみれた僕がいる。最初の志は正しくても、人はすぐ楽な方へと流れてしまう。松谷さんは、涙を流しながら鳥井の言葉に耐えていた。

「だから谷越、それに松谷も。お前らは結果的に相対的な幸福しか感じることができなくなった。自分の中に幸福の基準を見つけられないから、他人の目や言葉で測ったものしか実感できない。周囲の評価に振りまわされてばかりいる」

「でも、他人の決めた基準に従うという意味では、宗教も同じですよね」

寺田さんが、冷静なコメントを差し挟む。鳥井は、首を振ってそれを否定した。

「それしか信じられず、他の意見に耳を傾けることができないのが問題なんだよ。他人の物差しでしか測ることのできない人間は、正反対の方向にくるりと針が回っても疑問に思わない。周囲がそう言っているなら、黒も白かも、そう思ってしまう。

皆がそうだと言えば、ヒトラーさえ英雄に見えるし、戦争だって正当化できるだろう」

それは、手のひらを返すように態度を変えたクラスメートと同じ人々だ。自分の磁石を持たず、北極星を見極めることなく迷い続ける人々。

「のっぺらぼうだよ、そういう奴は。自分で考えることをせずに、世間体というおばけで身体をすっぽり包んどるんじゃ。何を聞いても、一般論を持ち出して、相手にもおばけを背負わせようとする。どんなに強い心を持っていても、ひとはそいつに飲み込まれる瞬間がある……そんな奴等が、戦争をしていたのさ」

安次朗さんが、初めて見せる厳しい顔だった。僕は、安次朗さんや栄三郎さんの笑顔の重みを、思い知らされたような気がする。長い、長い時間の中では悲しいこと、嫌なこともたくさんあっただろう。しかし、それでも二人は笑うことを選んだのだ。

ひとにやさしく、笑顔で生きること。もし、もしもこの世界がディスコミュニケーションに溢れていたとしても。僕はこの人たちという先輩がいる限り、誰かに向かって手をのばすことを諦められそうにない。


「ちなみに寺田さんは、のっぺらぼうじゃなかった。ちゃんと自分の顔を自分で作ってきたから、わしは美人さんだと思ったんじゃよ。わかるかね？」

「そんな、そこまで言っていただくほどじゃありませんよ。ただ、頑固なだけですから」

クールな寺田さんが、珍しく頬を赤らめてうつむいた。化粧気のない彼女がそういう表情をすると、まるで少女のように見える。恥ずかしいことに、僕はつかの間彼女に見とれてしまった。

「私は美人さんじゃないの？」

安次朗さんに向かって、美月ちゃんがたずねる。すると安次朗さんは笑って、あんたはまだまだお子ちゃまさね、と言ってポケットから飴を出してみせた。

＊

別れ際、松谷さんは深く深くお辞儀をした。

「鳥井さん、ありがとうございました。猫たちのことだけじゃなくって、なんていうか……色々とお世話になりました。よろしければ、また来て下さい。それと坂木さん」

「はい？」

「これ、やっぱりやめられません。これが私みたいです。だから、貰って下さい。で、よければ仲間になっていただけませんか？」

松谷さんは、そうして僕の手に「こんにちはセット」を大量に載せる。確かに僕は一度、これを受け取ってはいるけれど。

「でも、なんで僕に？」

首をかしげる僕に、松谷さんはきっぱりと言った。

「だって坂木さん、キリンを見てるとき、目がうるんでたから」

隣で、珍しく鳥井が声を上げて笑う。僕は恨みがましい目で、じろりと彼を睨んでやった。

「……わかりました。実は僕も、通りすがりの動物と交流を深めるのが好きな性質です。これからも彼らとは、節度を持ったおつきあいをしていきたいと思っています」

「なにそれ。固すぎ」

「こら、美月ちゃん」

口を出す美月ちゃんに、寺田さんがこつんとげんこを落とす。こうしていると、二人はまるで姉妹のようだ。江畑さんは、そんな二人に目を細めてうなずく。

「いいことですよ、坂木さん。動物とは、節度を持ったおつきあいのできる方が少ない」

「というと？」

「愛するあまり、近づきすぎて命を縮めてしまう人。最初は良くても、すぐに飽きてしまう人」

距離感がつかめないのは、確かに人間相手ばかりではないのかもしれない。江畑さんは、そこできゅっと厳しい表情になった。

「なかでも困るのは、外来種の生物を捨てる人です」

「ああ、よく聞くな。ブラックバスが有名だが」

「他に北米のアライグマとミシシッピーアカミミガメ、台湾のタイワンリスなどがありますが、数え上げればきりがありません。ちなみにミシシッピーアカミミガメというのは、一般的にミドリガメという商品名で売られているカメですから、外来種だと思っていない人も多いでしょうね」

「ミドリガメ、って縁日でよく見かけるあれですか」

僕は思わず、白熱灯の下でもがく小さなカメを想像してしまう。カメは金魚と違って重みがあるから、よく最中の皮が破けたものだ。

「ええ。あんな風に簡単に手に入るものですから、余計に広がりやすかったんでしょう。そんな人為的な理由で、動物も外来種が在来種を駆逐する日が近いかもしれません。また、外来種との交雑により、在来種が絶えることすらもあり得ます」

それって秋田犬が雑種になるみたいなもの、と美月ちゃんがたずねる。

「近いけれど、ちょっと違います。種が絶えるということは、交雑によって遺伝子が変化し、元の種自身が消えてしまうことを指すのです」

種が、消える。その言葉に僕は軽い衝撃を覚えた。『自然を守ろう』などと口当たりのいいスローガンでは伝わらない喪失感がそこにはある。二度と取り戻せないもの。この手で僕らが消してしまいつつあるもの。考えてみてほしい。もし自分が人類最後の生き残りになって、檻の中に閉じこめられたまま死んでゆくことになったとしたら。

「ともあれ、私は一つ思うことがあるんです。それは、人はどうして満足できないのかということです」

「満足？　それはペットに関してですか」

「はい。私も小さい頃から生き物が好きで、近所の虫や魚を捕っては飼っていました。私は今でも、人は自分の身の丈にあったものを飼うべきだと考えています。嫌な話ですが、生き物を飼う以上、そこにはお金と場所が必要になる。つまり、自分が払える金額、提供できるスペースを確保しなければならないということです。そして個人では難しいそれらの条件を満たして、皆さんに見せることも動物園の役割の一つです。

でも、人はそれでは満足しない。より大きな生き物、見たこともない生き物、そして人の持っていないものを欲しがる。その結果、マンションでレトリーバーを飼ったり、高温多湿の日本でハスキー種を飼うことになる。そして、手に負えなくなって捨てる。これが私にはたまらなく嫌なんです」

「四畳半に住んでブランドバッグを買うようなもんだもんな」

白い息を吐きながら、鳥井がつぶやく。うなずいた江畑さんは、ここで思いのほかきつい言葉を口にした。

「そこにもともといるものではない。わざわざお金を出して命を買うんです。飽きて捨てるくらいなら、下手な同情などしないで殺して欲しい。私はそう思っています」

殺すという響きが、不思議と冷たくなかった。江畑さんは、まっすぐ前を向いている。

「自分の手にかけるだけの責任を持て、ということじゃね。ほれ、あんたも色々勉強になったじゃろ」

安次朗さんが、谷越の背中を大きく叩いた。よろめいた谷越は鳥井と僕を見て、真面目な顔で言う。

「俺、俺はお前らに謝らないぞ。あの頃、鳥井は本当に鼻につく奴だったし、坂木は偽善者っぽくて鬱陶しかった！」

過去をそのまま肯定するのが、谷越なりの責任の取り方なのだろうか。いっそ清々しいほどの開き直りに、僕はなんだか笑いがこみ上げてきた。

「お前こそ、昔から今まで途切れることなく嫌な奴のくせして」

鳥井がぼそりと言い返す。僕も笑いながら、谷越に告げた。

「そうそう。今さら謝られてもな」

谷越は、ふと考え込むように黙った後、僕らの輪から離れ、江畑さんと松谷さんに深々と礼をした。二人も、それにならって頭を下げる。

「江畑さん、お世話になりました。……それと松谷さん、すいませんでした」

最後に初めて名前を呼ばれた松谷さんは、複雑な表情をしていた。

「鳥井と坂木は、またしばらく会いたくねえな。やっぱ、気が合わねえよ、俺ら」

「そうだな。死なない程度に元気でな」

「お前らもな」

憎まれ口を叩きながら、谷越は手を上げた。鳥井と僕も、手を上げる。

不思議だ。あんなにも憎かった谷越のことを、僕は今、心のどこかで受け入れようとしている。遠ざかる背中を見送りながら、これも摩擦によるコミュニケーションの成果なのかな、と僕は思った。


僕のポケットには、みかんと煮干しが入っている。

第十章　択卵の後

さすがに疲れたのだろう。地下鉄に乗り込むなり鳥井は目を閉じ、そのまま一言も喋っていない。もう慣れたのか、隣に座る美月ちゃんは鳥井が話さなくても一向に気にしないようだった。僕は正面の窓に映る二人の姿を眺めながら、ぼんやりと寺田さんのことを考えた。閉鎖的な乗り物が苦手な彼女とは、鳥井のマンションの前で待ち合わせをしている。

寺田さんは以前、特急電車の中で起きた傷害事件に巻き込まれ、それ以来自分の意志で降りられない乗り物に息苦しさを覚えるようになった。今はバイクの免許を取って、一人であちこち旅している。また、同じツーリングの趣味を持つ滝本とは、たまに旅先で落ち合うこともあるという。

「この生活に、不満はありません。私は一人で移動しているだけで、孤独なわけじゃありませんから。ただ……」

この間、衝撃的な出来事があったのですと寺田さんは言った。近所を歩いていたら、目の前で交通事故が起きた。彼女はすぐさま倒れた人に駆け寄り、救急車を呼ぶなど適切な処置をとった。しかし。

「ここには誰も怪我人の知りあいがいません。どなたかこの事故を目撃された方で、病院まで一緒に来ていただける方はいらっしゃいませんか。そう救急隊員の人が言いました。でも」

彼女の足は、一歩を踏み出せなかった。

「病院までノンストップの救急車。私はそれが恐かったんです」

人を救うための車なのに。そう思うとやりきれなかった。

「私、もし自分の親が事故にあってもためらうのかな。じゃあお葬式でもそうなの？」

そこまで考えて初めて、彼女はその症状を治したいと思ったのだと言う。せめてあと三十分、電車や渋滞中の車が我慢できたらと。僕はその悩みを聞いて、ふと土屋《つちや》さんや斎藤《さいとう》さんのことを思い出した。地下鉄で働く彼らを紹介し、知り合った後でなら、寺田さんも安心して地下鉄に乗ることができるのではないだろうか。

車もそうだけれど、運転する人の顔が見えるというのは大切なことだ。大げさに言えば、命を預かることになるからこそパイロットや運転士は放送で名を名乗るのだろう。これは私が責任を持って運転しますから、安心して乗っていて下さい。あの放送が僕にはそう聞こえてならないのだ。

寺田さんの問題は、ひいては鳥井の問題でもある。ようやく自宅から三十分圏内にたどり着いた彼もまた、同じ思いをしているからだ。僕はせめて、そんな二人の力になれればいいと思う。一度傷ついた翼を再び広げる勇気。その姿の美しさを、僕は誰よりも知っているのだから。

「おい坂木、とっとと迎えに来いって滝本に電話しろよ」

部屋に入るなり、鳥井は僕の携帯電話を顎でしゃくる。どうせ滝本はあと一時間くらいで仕事が上がるからと、僕は鳥井をなだめた。寺田さんと美月ちゃんは、それまでここで待つことになっている。

「それに、貰っただろ。サブレ」

「あんなの五分で食い終わっちまった」

二人につきあってもらうお礼にと、滝本は湘南土産の『江ノ電サブレ』を鳥井に差し出した。電車形をした可愛いサブレだったのだが、どうやら鳥井の深夜の友となり、僕が食べる前に消えてしまったらしい。

「そう言えばお腹が空いたな。サブレがないなら、僕は鳥井の作る料理が食べたいんだけど」

「……なにが食べたい」

「そうだね、寒かったからあったまるものがいい」

「期待はするなよ」

鳥井はコートを脱ぎ、そのままキッチンへと向かった。二人と顔を合わせているより、いっそ気楽なのだろう。

しばらくすると、甘い香りのお茶が出された。色は麦茶のようだけど、匂いが違う。

「これ、なんのお茶?」

美月ちゃんの質問を鳥井に伝えると、カウンター越しに鳥井は「コーン茶だ」と答えた。なるほど、とうもろこしだから甘い匂いだったわけか。口にしてもその香りは消えることなく、ほのかに穀物の甘さをたなびかせる。

「なんだか、ほっとする」

お茶を飲んでしまうと、僕らにも一気に疲れが出た。誰もが黙ったままコーン茶を啜り、ぼうっとする。寒さと緊張から、僕らはずいぶんと肩に力が入っていたらしい。

「できたぞ、取りに来い」

鳥井の声で、僕は我に返った。キッチンへ行くと、なんということだろう。そこには又、人数分の土鍋が湯気を上げている。

「ほら、運べ」

当然のように鳥井は、それを持つ気がない。僕は再び、四個の土鍋を運ぶ羽目になった。しかし、ふと疑問がわく。鳥井は一人暮らしなのに、なんで小さい土鍋が四個もあるんだろう。たずねてみると、鳥井は不機嫌そうな声で「親子セットだったんだよ」と答えた。なんでも、大きい土鍋のおまけとしてついてきたのだという。そう言われれば、以前僕はここで大きな土鍋を見たことがある。

「鳥井、それってもしかして、今ならミニ土鍋四点もつけて、一万円！　みたいなやつだったんじゃ」

「だからなんだ」

ついに、鳥井はテレビ通販にまで手を出してしまったのか。僕はかつての蟹に引き続き、頭を抱えることになった。

「だいたい、これも滝本が悪い」

「へ？」

なぜ土鍋が滝本に結びつくのか。僕は間抜けな声を上げる。

「あいつが持ってくる土産の中には、やけに釜飯や土鍋が多いんだよ」

「ああ、ツーリングで横川に行ったとか言ってたもんな」

滝本は旅先で、自分の昼食ついでに鳥井へのお土産を買っているのだろう。多彩な駅弁や名産品を選ぶとき、彼は容器の珍しいものをなんとなく選んでいるのだろうか。

「でも、なんでそれを使わないんだ？」

素朴な疑問を僕が口にすると、鳥井は流しの下から小さな土鍋を取り出して見せた。

「よく見ろ、坂木。これは実用に堪える、ちゃんとした土鍋だ。だがな、いかんせんこいつは小さい。一人分の飯や湯豆腐くらいならいいサイズだ」

「いいじゃないか」

「でも、こいつにはうどんが一玉入らないんだよ！」

いかにも理不尽だといった表情で、鳥井はそれをまたしまい込んだ。正直、僕にとってはどうでもよさそうな問題だったのだが、鳥井にはそれが許せなかったらしい。

「鍋焼きうどんも、煮込みラーメンも出来ないんだぜ？」

だからあえて通常の一人用土鍋を買ったのだと、鳥井は鼻息荒く語った。そんな鳥井を見ながら、僕はふと滝本は釜飯が好物なのかなと思う。

ともあれ、湯気の立つ土鍋をテーブルに運ぶと、歓声が上がった。蓋を取ると、なにやら洋風な香りがする。

「あ、ポトフね。おいしそう！」

美月ちゃんの声につられて覗き込むと、中にはじゃがいもを筆頭に人参、キャベツ、ソーセージがごろごろと入っていた。多分これは、巣田さんの持ってきたじゃがいもだろう。後から来た鳥井は、巣田さんからもらったディジョンのマスタードをテーブルの中央に置く。

それからしばらくは、全員が喋らなかった。ただ黙々とブイヨンのしみ込んだ熱々の野菜を切り、ソーセージにマスタードを塗りつけて口へと運ぶ。途中、誰かが鼻をすする音がしたが、全員自分の鍋の中しか見ていなかった。

「ああ、おいしかった。鳥井さん、これは昨日から仕込んであったんですか？」

いち早く食べ終えた寺田さんがたずねると、鳥井はそれを手で制し、ソーセージの最後の一切れにたっぷりとマスタードをつけて、口に放り込んだ。沈黙。目を閉じ、それを飲み込んでからようやく鳥井は口を開いた。

「ああ、じゃがいもがたくさんあったからな。でかい寸胴で作っておいた」

「それを一人前ずつ土鍋で出したのがアイデアですね。冷めにくいし、雰囲気がある」

寺田さんの言葉に、僕と美月ちゃんはうんうんとうなずく。そして僕は、あらためて鳥井の発言を理解した。あの小さすぎる土鍋では、ナイフとフォークも使えなかっただろう。かといってこれを箸で食べると、一気に西洋おでんといったムードが漂ってしまう。口がそこそこ広くて、平たい鍋だからこそポトフも生きるのだ。

「ホントに鳥井さんて、お料理上手ね。うちのお兄ちゃんも、もうちょっとできたらいいのに」

「そのかわり滝本は、行動的でいろんな所に連れてってくれるんじゃないかい？」

僕の言葉に、美月ちゃんはにっこりと笑う。

「そうね。一つ良いところがあれば充分か」

「それになにより、滝本は美月ちゃんのことが大好きじゃない」

寺田さんが小突くと、美月ちゃんは照れくさそうに赤くなった。そんな彼女に、食後のコーン茶を飲みながら鳥井がぼそりと告げる。

「お前も兄貴のことが好きなら、いいかげん解放してやったらどうだ？」

「え……」

「このままじゃ滝本は、一生恋人もできなきゃ結婚もできない。わかってんだろ？」

笑顔を凍りつかせた美月ちゃんの横で、寺田さんが厳しい瞳をしていた。しかし美月ちゃんは寺田さんに向かって、そっと首を振る。

「やだな。料理だけじゃなくて、推理も上手なの、忘れてた」

僕一人が何もわかっていない。美月ちゃんと滝本は問題のなさそうな兄妹なのに、鳥井はそこに何を見出したというのだろうか。美月ちゃんは、土鍋をじっと見つめる。

「大丈夫。私、この四月から短大に入るの。だからすぐに彼もできるし、お兄ちゃんなんて必要なくなるわ。

　私、大人になるの」

「そうか。なら俺はこれ以上の口出しをしない」

「でもね」

　美月ちゃんは、鳥井を見てふっと笑った。

「一つだけ知ってるの。みんなハッピーになる方法。鳥井さん、うまくいくと思う？」

「さあな。この後を見てれば参考にはなるだろうが」

　突き放すような鳥井の答。けれど美月ちゃんは、何かを受け取ったように小さくうなずいた。

　このやりとりは寺田さんにとっても謎だったようで、彼女と僕は顔を見合わせて首をひねる。

　そのとき、頃合い良くインターフォンが鳴った。

「俺だ俺。長いこと子守させて悪かったな、鳥井」

　滝本は部屋に入るなり、鼻をひくつかせる。

「お、いい匂い。なんだかわからないけど、俺にも食わせろよ。今日は寒かったから、腹減ってんだ」

「悪いが品切れだ。今日は帰れ」

　ブーツを脱ぎかけた滝本に、鳥井は冷たく言い放った。しかも、美月ちゃんのコートまで押しつけている。

「子守で疲れた。とっとと妹を連れて帰れ。飯は食わせたからな」

滝本は最初驚いた顔をしたものの、鳥井の機嫌が悪くないことを知ると、素直にブーツのファスナーを上げた。

「わかったよ。行くぞ、美月。それに寺田も。お前、今日はこっちに泊まるんだろ？　だったら美月のホテルに泊まれよ。安く上がるぜ」

はーい、と言いながら美月ちゃんはコートの袖に手を通す。続いて寺田さんも立ち上がった。

「私は明日仕事だから、このまま帰ろうかと思うんだ」

「そうか。じゃあ、茶ぐらいどうだ？　奢るぜ」

「うん。奢られてやってもいいかな」

なごやかな雰囲気の中、ジャケットを羽織ろうとした寺田さんの手を、いきなり鳥井が摑む。

「な、何するんだよ、鳥井！」

僕は驚いて、思わず二人の間に入ろうとした。が、一足早くそこには先客がいた。

「どういうことだ、鳥井」

滝本が、いつの間にか鳥井の手を捕らえている。寺田さんは、二人の間で何が起こったのかわからず呆然としていた。鳥井はもう片方の手を上げ、滝本に降参のポーズをとる。

「現職の警察官は、さすがに素早いな。それとも、これは非常事態なのか？」

「非常、事態？　いや。うーん……あれ？」

鳥井にたずねられて、滝本は混乱したらしい。言われてみれば、滝本は鳥井が唐突な行動をとるのは以前から知っていたし、寺田さんに害を与えるようなことはしないこともわかっていた。なのに。

「いやその……悪い」

しどろもどろになった滝本に、鳥井は理由を説明する。

「こっちこそ突然で驚かせたな。寺田には、残ってもらう理由がある」

「え？　それってなんだい」

「理由は妹が知ってるから、二人で茶でも飲みながら教えてもらえ」

「はあ？　なんだよそれ」

事態が飲み込めないまま立ちつくす滝本の背中を、タイミング良く美月ちゃんが押す。

「もー、早く行こう？　お兄ちゃん。それじゃあ鳥井さん、お世話になりました。寺田さんと坂木さんは、もうちょっと鋭くなってね。それじゃ、また！」

「おい美月、なんだよそれ。って寺田、ここの帰りでもいいから、連絡入れろよ。じゃあな、坂木」

滝本の声が、ドップラー効果のように遠ざかってゆく。僕と寺田さんは、美月ちゃんに何を言われたのかわからないまま、ぼうっと立ちつくしていた。そんな中、鳥井だけが淡々とリビングに戻ってゆく。

「ちょ、ちょっと鳥井さん、今のはなんだったんですか」

「そうだよ。美月ちゃんが知ってるって、じゃあ僕らはどうすればいいんだよ」

依然として蚊帳の外の僕らは、慌てて鳥井の後を追った。


静かな部屋に、コーヒーの香りが満ちている。

鳥井は説明をせがむ僕らに、「コーヒーをいれてから」と背を向け、新たな湯を沸かしたのだ。目の前でゆっくりとしたたり落ちる琥珀色の滴。普段なら心落ち着くその音も、今の僕らには焦らされているようにしか聞こえない。鳥井はことさらゆっくりとコーヒーを落とし、湯で温めたカップに静かに注ぎ分けた。そして『甲山　想い出小石』と書かれた紙箱から菓子を出し、僕らの前に置く。ぽこりと膨らんだそれは、どうやらメレンゲ菓子のようだ。

「茶道みたく、この菓子を食べてからコーヒーを飲んでみろ」

言われるがままに軽い菓子をつまみ上げ、口に入れる。軽く噛むとアーモンド風味のメレンゲが砕け、中に入っていた柔らかいチョコレートと共に、一瞬で液体となって喉を滑り降りてゆく。その余韻が消えない内にコーヒーを飲むと、口の中でまた一つ、別のデザートが出来上がるようだった。

「……おいしい」

寺田さんがほっとため息をつく。

「子供に食わせるのはもったいない菓子だろう」

鳥井がにやりと笑いながら、おかわりのコーヒーを注いでくれた。確かにこれは、大人のデザートだ。

「でも、このために美月ちゃんを帰らせたわけじゃないだろう？　そろそろ説明してくれないか、鳥井」

二個目の菓子を口に放り込んでいた鳥井は、ゆっくりとうなずいて寺田さんを見る。

「寺田、さっき俺が美月に向かって、兄貴を解放しろと言ったのは覚えてるな？」

「はい。でも、鳥井さんが美月ちゃんに会ったのは、今回が初めてでしょう？　どうしてそれがおわかりになったんですか」

「あの、僕はそもそもその言葉の意味が理解できてないんだけど」

僕の言葉に鳥井は軽くうなずくと、滝本についての話を説明してくれた。

「まず今回、俺が気になったのは滝本がやけに妹に甘いということだ。何故、それを不思議に思ったかというのは坂木でもわかるだろう」

「ああ、滝本は自分の家族についてあんまり話したことがないよね」

そう。滝本は元来雄弁な男で、自分の友人や同僚のことをしょっちゅう僕らに話してくれる。その彼が、よりによってあんなに仲の良い妹の話題を出さないなんておかしい、と僕も思ってはいたのだ。

「もし、家族のことを嫌いで隠していたとしたらあんな風には接しないだろうし、逆に普通の家族だとしたら、あれは兄馬鹿にもほどがある。そして妹、美月も兄に対して子供のように甘えている。俺にはそれが、過剰な演技のように見えた。なぜなら滝本と一緒にいないときの美月は、どちらかと言えば冷静で、べたべたに甘える性格には思えなかったからだ。

つまり美月は、妹が兄に甘えるという図式を踏襲していないと関係が保てない。そう考えて行動しているのではないかと俺は考えた」

それを聞いた寺田さんは、まじまじと鳥井を見つめる。信じられないものを見るような目で。

「当たってたか？ ともあれ、美月が家族の役割を演じているとするなら、そこには理由があるはずだ。ではその理由はというと、やはり両親だろう。いや、家族全体と言ってもいいかもしれない。

わがままで兄を振りまわす妹。そしてそれに嬉々として従う兄。そんな二人を温かく見守る両親。さて、この妹のわがままは何故全員に容認されているのか。それには、容認すべき理由があるはずだ」

わがままが、許される理由？ 僕はふと、自分の妹のことを考えた。あいつも小さい頃はすっごくわがままで、そのたびに僕が怒って喧嘩になって、しまいには二人してお母さんに叱られてたけど、許されたことはなかった。

「よく考えろ、坂木。お前だってたまに、王様になれた日があるだろう。どんなわがままを言っても、ベッドの中だからきいてもらえる日が」

「あ、病気か！」

「そうだ。美月は食も細かったし、滝本はそんな妹にもっと食べなきゃ大きくなれないぞ、なんて言ってたよな。もう短大に入ろうっていう歳の妹をつかまえて」

なるほど。もし小さい頃から美月ちゃんが病気がちな子だったとしたら、ご両親も滝本も彼女には甘くなるだろう。

「しかしここで気になってくるのが、滝本の行動だ。そこまで妹思いの兄が、なぜ離れて暮らす警察官の道を選んだのか。そして何故、高校の頃から家族については口を閉ざしていたのか。

それはこう考えると筋が通る。滝本は、妹は大好きだが、両親との間に何らかの溝があった。そしてそのため、家を出たいと思っていた。また、溝があるゆえに家族の話もしなかった」

「でも滝本のご両親って、よく小包を送ってきてたよ。すごく仲が悪かったら、もっと冷たい態度をとりそうじゃないか」

滝本の家族を弁護しながら、僕は頭の隅にちくりとひっかかるものを感じていた。思い返せば、昨年の正月、滝本は家に帰らず僕や鳥井と一緒に雑煮を食べていたっけ。そんな僕に、鳥井はたたみかける。

「だから、溝なんだよ。仲が悪いわけじゃない。ただ、どこかでひとつ食い違ってしまった。そういう気まずさがあいつにはある。

その気まずい家族を繋ぎ止めているのが、美月のわがままだ。妹のお願いに振りまわされていれば、滝本は家族と自然に関わることができる。しかし皮肉なことに、気まずい溝を作ったのも美月のはずだ。だから責任を感じた美月は、滝本のためわがまま娘を演じ続けている。

俺は、その原因が美月の身体のことだと思ってるけど違うか、寺田」

寺田さんはぎゅっと唇を噛んでから、静かに首を振った。

「当たってます、恐いくらいに」

そして寺田さんは、僕の知らなかった滝本の姿を語りはじめた。

「私が滝本と知り合ったのは、中学生の頃でした。同じクラスで、名簿の順が近かったから、席も近くてよく喋りました。滝本は知り合った頃から今みたいにざっくばらんないい奴で、友達もたくさんいました。私も昔からこんな風に女っぽくなかったので、つきあいやすかったんでしょう。そのせいか、滝本は私に頼み事をしてきたんです」

「頼み事？」

「はい。それは当時入院していた美月ちゃんのお見舞いに一緒に行って欲しい。そういうことでした」

いきなり放課後に呼び出されたから、あのときはどきっとしましたけどね。そう言って寺田さんは笑った。

「美月ちゃんは、とにかく病弱な子でした。アレルギーや小児喘息、貧血に発熱と、高校生になる頃まで、しょっちゅう病院と家を往復してました。今はもう元気になったんですけど、特に小さい頃はそれがひどく、小学校にもあまり通えなくて、友達ができにくかったそうです。だから滝本は、兄であると共に彼女の友人の役目も果たそうとしたらしいんです。けれど、彼にも唯一できない役割があった。それが……」

「女友達。そういうことか」

「ええ。私は滝本に、妹の友達になってやってくれないかと頼まれました。私は嘘をつくのが苦手だから、気が合わなかったらごめんねと先に言ってから美月ちゃんと対面しました。

病室で彼女を見たときの衝撃は、今も忘れられません。色が白くて、真っ黒な瞳。長い髪を風に揺らして本を読んでいる美月ちゃんは、まるで妖精かお姫様のようでした。そこで初めて、私は滝本の気持ちが理解できたんです。こんなに可愛くて、こんなにはかなそうな女の子が妹だったら、どんなことでもしてあげたくなるだろうな。そう、思ったんです。

そしてありがたいことに、美月ちゃんは私と相性が良かった。見た目と違って冷静で、というのは先ほど鳥井さんも言っていましたが、あれは多分長い入退院の経験から培われたものだと思います。可能なことと不可能なことが世の中にはある、ということを美月ちゃんは誰よりも知っていたんです」

そんなに冷静な美月ちゃんが、では何故わがままを言うのだろうか。僕がたずねると、寺田さんはコーヒーで口を湿してから続きを語った。

「それを説明するには、まず滝本の生い立ちが必要になります。これは私もかなり最近になってから聞いた話なんですが。

滝本は、美月ちゃんが生まれてから後、親戚の家で暮らしていました。これは未熟児で生まれてきた美月ちゃんが本当に危ない時期で、ご両親は彼女に付き添うために、滝本を親戚に預けたんです。本来なら、滝本はひと月も我慢すれば良かっただけの話です。けれど美月ちゃんの体調は一向に安定しなかったため、結果的に滝本は親戚の家で小・中学校時代を過ごすことになりました。ご両親もそれをとても申し訳なく思っていたらしく、週末は必ず一緒に夕食をとったそうです。

親戚の家族はとても良い人たちで、のびのびと育ててくれたと滝本は言います。少し寂しかったけど、妹は可愛かったし、両親も一生懸命だからしょうがなかったのだと。

そして高校生になった頃、美月ちゃんの体調が安定して家族がようやく一緒に暮らせるようになりました。滝本は、最初はとても喜んでいました。妹のことを知る私に、家族が揃ったらあれをするんだこれをするんだと、うるさいほど夢を語りました。それは本当にたわいもないことで、全員で遊園地に行くとか、夜中まで一緒にテレビを見るとか、そんな夢でした」

もしかしたら、そのリストの中に動物園も入っていたかもしれない。僕はふと、そんなことを考えた。

「でも、それは夢で終わりました」

「え？　家族は、一緒に暮らしたんだよね？」

「一緒に暮らしたからこそ、気づいちまったんだろ。そんなに長いこと離れてた家族が、いきなりなじめるわけがない。滝本は、そこで初めて他の家族三人と自分の間に、溝があることを知ったのさ」

事態が飲み込めない僕に鳥井が横から解説してくれる。

「その通りです。美月ちゃんとご両親は、滝本から見るとまるで一人娘を持った家族のように見えたんだそうです。それはほんの小さなことですが、食事の習慣やふとした瞬間の言葉づかい。三人には共通しているその空気が、彼にはない」

「だって、滝本は親戚の家で育ったようなものなんだから、しょうがないじゃないか」

あまりのことに、僕は思わず強い声を出してしまった。

「ええ。彼もそれはよくわかっていました。けど、どうしても違和感を拭えないことがあったそうです」

「それは？」

「実家の部屋です。美月ちゃんの部屋は、いつ病院から戻ってもいいように、整えられていた。実際そこで暮らしてもいたんだから、なじんでいて当然です。けれど滝本は、自分の部屋になじめなかった。小学生の頃に出ていって以来、たまにしか帰ってこなかった実家の部屋は、どうしても自分の場所だとは思えなかったんだそうです。滝本は、親戚の家にいるときは実家の自分の部屋を夢見ていたのに……」

「だから、家を出る職業を選んだのか」

悲しくて切なくて、どうしたらいいのかわからなかった。だって、どこにも悪い人はいない。美月ちゃんは治ろうと努力したんだし、ご両親だって滝本を一人にするよりはと親戚に預けた。なのに、すれ違ってしまった。じゃあ、ご両親は滝本に出来合いの食事をさせ、鍵っ子にして、一人で布団に入るような暮らしでも一緒にいるべきだったのか？　そうじゃない。看病疲れの苛々を、寂しがる息子にぶつけてでも一緒にいるべきだったのか？　そうじゃないだろう！

そうしたくなかったからこそ、親戚に預けたんじゃないのか。

「警察学校に入ってからは、余計に自分の部屋がなくなったって言ってました。帰りにくくなって、でも、そんなとき美月ちゃんが駄々をこねてくれるんだそうです。やだやだ、美月、お兄ちゃんが帰ってこないとやだ。お兄ちゃんが帰ってきたら、あそこも行ってここも行って、ずっと一緒にいるんだから。そう言うんですって」

「滝本も、美月ちゃんとはすんなり喋れるから……だから美月ちゃんはわがままを言いながら、必死に家族を繋いでいたのか」

互いのことを思い合っているのに、うまくいかないのは何故だろう。僕は美月ちゃんの憎まれ口が、急に切なく思えてきて仕方がなかった。そして滝本のことを思うと、たまらない気持ちになった。彼はずっと、寄る辺ない気持ちを一人抱えたままで生きてきたのだろうか。

僕は、ホームレスと妙に馴染んだ雰囲気の滝本を思い出す。彼もまた家を失った人間だからこそ、通じ合うものがあったのかもしれない。しかし滝本は、行き場がなくても一人で立っている。僕は、自分が同じ状況に置かれたとき、彼のように生きられる自信がなかった。滝本の明るさと強さ。それは大きな障害を乗り越えたからこそ、得られたものだったのだ。

僕の周囲には、笑顔の価値を知っている人が多い。

しかし、疑問が一つ残った。鳥井の言っていた「解放」というのは何だろう。それをたずねると、鳥井は複雑な表情を浮かべた。

「坂木、ここまで聞いてわからないか。滝本はな、妹を可愛がりすぎて、特定の彼女が作れなくなってるんだよ」

「ああ、そういうこと!」

僕が感心してうなずくと、鳥井は「まったく鈍い奴だ」とつぶやく。

「あいつに長いこと決まった女がいないのは知ってただろう。あいつ自身も以前、そんなことを言ってたし」

そう言えば滝本は、「俺ってかっこよくて頼りがいもあるからもてるんだけど、その分よくふられるんだよなあ」と飲みながらこぼしていたっけ。

「高校の頃から滝本は、短いスパンで女とつきあっては別れていた。その理由を俺は、背後に一人の女がいるせいだと思っていた。忘れられない女か、憧れの女か。どちらにせよ手の届かない女があいつの中にはいる。だから、つきあった相手は愛想を尽かす。俺はそう思ってた。でも、それにあたるのが妹だったってわけだ」

「病弱な妹を一番に考える男って駄目なのかな」

すると寺田さんは、僕らを交互に見て笑った。

「滝本はね、どんな彼女とつきあっても美月ちゃんを優先させてしまうんです。なんていうか、それが自分の使命みたいに。そう、まるで坂木さんが鳥井さんを一番に考えてしまうようにね。だからいつもふられてばかりなんです。だって、自分を一番に考えてくれない恋人なんてちょっと、ですよね」

「いや、その一番って、意味が違うよ」

確かに、僕の中での優先順位は鳥井が一番だ。でも、それと恋愛はきっと別だと思う。だって、滝本は美月ちゃんに恋してるわけじゃない。ただ、失いたくないから大切にしているだけなんだ。その人に何かあったときの、心臓を冷たい手でぎゅっと摑まれる感じ。多分、滝本もこの感覚を知っているのだろう。

考え込んだ僕の代わりに、鳥井が話を続ける。

「とにかく、滝本は妹から手を離さない限り、永遠に妹の騎士で終わる。何故なら」

そのときの鳥井の台詞を、僕は一生忘れないだろう。

「あいつは、守っているつもりでその相手にすがっているからだ」

第十一章　永遠と絶対

　あの日、鳥井の過去を話した夜に、滝本と僕はもう一つ話をした。

　中学の頃、いじめの風景を見て以来、僕が涙もろくなったことを知ると、滝本はこうつぶやいた。

「涙もろい理由……そうか坂木、それがお前の傷なんだな」

「え？」

　不意に滝本が僕をじっと見つめた。なんだろう、居心地が悪い。

「俺は、ずっと不思議だったんだよ。鳥井の言動は、誰かに傷つけられたものだとわかる。それを救ったのが坂木だったからこそ、坂木しか信頼しないという心の動きも、わかる」

「……それで？」

「でもお前がわからなかった。いくら鳥井が友人として魅力的でも、お前の鳥井へのこだわりようは俺にもよくわからなかった。確かに坂木は、すがられた手をふり払えるタイプじゃないよな。でも、それだけでここまでするのか？　お前のように家族を大事にする奴が、それをほとんど投げ捨ててまで鳥井にこだわる原因はなんだろう？　俺は、そこがずっとわからなかったんだよ」

気持ちが、ざわりと波立った。滝本はいつも、僕の中の見なければいけない部分を突きつけてくる。できれば聞かないですませたいと願うような、僕の嫌いな僕を。

「坂木はすごく普通、こんな言い方は好きじゃないが、健康な奴だと思ってた。けど、お前にも傷があった。だからこそお前は、鳥井にこだわり続けてるんだな」

「僕は……好きでやってるんだ」

皿に残ったパスタを、僕は乱暴に巻き取る。皿にフォークが当たって、嫌な金属音が響いた。

「違う。少なくともきっかけは違うはずだ」

「別に深い意味なんてない。好きでこうしてるんだ」

いつか、誰かに指摘されるような気はしていた。自分でも気づかないように、心の奥底にしまい込んであるこの箱の中身。いつか開けなければ、いつかきちんと見なければと思っていたもの。けど、これを開けるのはもうちょっと先が良かった。いや、いつそのときが来ても、僕はそう思うのだろうけど。

「つまり、お前もいじめの被害者なんだよ、坂木」

手の中のフォークが、からんと皿に落ちる。僕は不意に、なんだかとても急に、やらなければならない仕事を思い出したくなる。けれど。

滝本の真剣な表情が、僕をこの場所にとどまらせた。

「いじめの広がったクラスの中で、それを見つめなければならなかったお前もまた、静かに傷ついていたんだろう。自分が直接にいじめられる前にいじめは終わっちまったんだから、自覚するのも難しいだろうとは思うけど。それでも、坂木は傷ついたんだな。目の前で暴力をふるわれる鳥井と、暴力をふるうクラスメートの姿に。だからこそお前は、鳥井という存在にすがったんだ。自分が人の悪意から救うべき者、あるいは救えなかった贖罪の象徴として」

ああ、ついに来てしまった。でもこれで良かったのかもしれない。僕はここまで踏み込んでくれた滝本に、ひそかに感謝した。どうせいつかわかることなら、滝本にそうしてもらうのが一番妥当だと思っていたんだ。

そう。僕は鳥井を守るふりをして、鳥井にすがっていたのだ。目の前で起こった珍しくもないいじめに衝撃を受けた僕は、それ以来他人を真正面から信じられなくなっていた。優しい仮面をかぶっていても、いつ誰がゲームを始めるかわからない。そんな世界で僕は、必死に心のよりどころを求めた。決して仮面をかぶらない、そんな人物を。

最初は、贖罪の方が強かったように思う。鳥井とつきあうのは楽しかったし、わくわくもしたけれど、やはり目の前で見て見ぬふりをした自分が許せなかったから。でも、鳥井とつきあううちに彼の心のまっすぐさが僕の救いになった。鳥井は、仮面をかぶらない。いや、かぶることができない。それを知ったとき、僕は彼を奇跡のような存在だと思った。

つねに鳥井のそばにいて、鳥井を守ること。やがてそれが僕の安定剤になった。この世界の中で、たった一つだけでも僕自身の手によって守ることのできる存在を、僕は欲していたのだと思う。鳥井がいなければ、それは妹だったかもしれないし、動物だったかもしれない。

＊

そして僕と同じ杖を、滝本も持っていたと鳥井は言う。僕が鳥井を気にするように、滝本も妹を気にしていたのだと。

守るつもりで、すがっていたのだと。

＊

こころが弱くて、とても弱くて。

いつも誰かに喜ばれたりありがたがられていないと不安で。

僕はこうやって生きてきた。

僕を手放しで必要としてくれる人の手をとって。

その人に支えられて。

そうやって生きてきた。

＊

「坂木、『永遠』なんてないんだ。俺たちはいつか必ずひとりになる。人の心は、悲しいほど自由だから、いつも流れにまかせて方向を変える」

あの夜、滝本はそう言って笑った。それは、滝本が自分自身に言い聞かせていたことなのかもしれない。妹とは、いずれ別れがやってくるだろう。彼氏ができたり、結婚したり、理由はいくらでもある。そのとき、すがるべき杖を失った滝本はどうするのだろう。僕が黙っていると、大きな手で肩をばんばんと叩いて滝本は言った。

「まあそう深く考えるな。『永遠』はなくても、もしかしたら『絶対』はあるのかもしれないし。お前と鳥井を見てると、たまにそう思うよ」

永遠と絶対。その差はなんなのだろうか。僕は少し酔いの回った頭で、ぼんやりと考えていた。

＊

でも、寺田さんの話を聞いた今ならわかる。滝本は、それでも手をのばし続けているのだ。両親とのコミュニケーションに食い違いが生じ、美月ちゃんを守ることで自分の立ち位置を確認していた滝本は、それでも誰かと関わることを諦めてはいない。だからこそ、この仕事を選んだのだ。

「警察官なんて、人嫌いだったらやってられないですよ。毎日、見ず知らずの人と喋ってるんですから。先輩なんか、その代表選手ですね」

小宮くんは、そう言って滝本の方を見ていた。

いつか、美月ちゃんは滝本に別れを告げるだろう。けれど滝本なら、杖を失ってもまっすぐに立っているはずだ。もし彼が倒れそうになったら、僕や鳥井が支えてやる。大丈夫、僕は手を離したりしない。

僕らは、大人にならなければならないのだから。

*

滝本についての長い話が終わった頃には、コーヒーはすっかり冷めていた。温めなおすという鳥井に、寺田さんは「冷めたコーヒーが好きなんです」と断りを入れている。

そして僕は、最後に残った小さな謎を鳥井にぶつけた。

「で、最後の美月ちゃんとのやりとりはなんだったんだい？」

「そうそう、私と坂木さんが鋭くなってね、って美月ちゃんの言葉。あれは一体どういう意味なんですか」

僕と寺田さんが一気に喋ると、鳥井は耳を塞いでみせる。

「ああ、うるさいうるさい。鈍いの二乗め。寺田、さっき俺がわざわざ答を出してやったのに、わからねえのか」

「答、って？」

「みなまで言わせるな。俺がお前に手をかけたとき、滝本はどう動いた？」

あのとき滝本は、誰よりも素早く鳥井の手を寺田さんから引き剝がしていた。ということは、もしかして。

「滝本の周りにいる家族以外の女で、移り変わっていないのは誰だ？」

「ええ？」

真っ赤になった寺田さんを、鳥井はさらに追いつめる。

「さらに言うなら、友人の中でもただ一人、滝本の家族のことを知っていて、なおかつ問題の妹にえらく気に入られているのは誰だ？」

追いつめられた寺田さんは、あさっての方向を見ながら小さな声でつぶやいた。

「……誰でしょうね」

みんながハッピーになる方法が一つだけあるの。そう言って帰っていった美月ちゃん。ごめん、確かに僕ら二人は鈍すぎたようだ。


「そう言えば」

帰り際にマフラーを上着の中に入れながら、寺田さんがふり向く。

「さっきの、駅弁の話ですけど。土鍋とかの」

「ああ、聞こえてたんだ。もしかして寺田さんも好きなのかい」

「いえ、そうじゃなくて、滝本があれを買うのにはやっぱり美月ちゃんが関係してるんです」

「寒いから早く言え」

玄関先で、セーターの袖を伸ばしながら鳥井は寺田さんを急かした。

「高校生の頃、バイクの免許を取って、ツーリングに出るようになった滝本は、ふとした思いつきで釜飯をお土産に買っていったんだそうです。それを見せると美月ちゃんはすごく喜んで、病院の食事をその中に移して食べたんだそうです。こうしてると、私もお兄ちゃんと一緒に遠い所へ行ったみたいだねって。

それ以来滝本は、再利用できるような容器の弁当を買うようになったんです。なんでだか、美月ちゃんが元気になってからも癖になってるみたいだけど」

「そうだったんだ」

僕は土産物屋の店先でバイクを降りる滝本の姿を思った。皆、誰かのためにお土産を買う。わかりきったことだけど、僕は何故だかそれが本当に嬉しい。

「それじゃ、また」

夜中の街を、寺田さんは軽やかに走り去っていった。鳥井は仏頂面のままドアを閉め、ほっと息をつく。

「疲れたかい」

「鈍い奴らに関わってるとな」

大体なんだ、滝本は。終わったら連絡入れろって、心配性は妹の分で打ち止めじゃないのかよ。鳥井はぶつぶつと文句を言いながら、あたたかいリビングに戻ってきた。僕はとても幸せな気持ちで、この長い一日の終わりを迎える。

お土産をくれる人がいて嬉しい。
お土産をあげる人がいて、もっと嬉しい。

誰かを思い、誰かに思われる。
そんな美しい円を僕も描くことができたら。
そう思うんだ。

＊

そして僕は、ある決意をした。
もうすぐ、僕のポケットは僕だけのものになる。

第十二章　鳥かごを開ける日

次の月曜日、いつものように鳥井と買い物に出た僕は、ケーキ屋の前で足を止めた。

「なんだ坂木、ケーキが食いたいのか」

「いや、そうじゃなくてさ、買っといた方が良くない？」

僕は、店先に掲げられた『ホワイトデー』の看板を指さす。すると鳥井はふんと鼻を鳴らした。

「馬鹿らしい。菓子屋の策略にそうそうのせられてたまるか」

「でも、巣田さんのって、貰ったようなもんじゃないかな」

「あいつに、わざわざこんなのをやることたねえよ。駅弁の土鍋にパンプディングでも作ってやれば充分だ」

くるりと方向転換をして、鳥井は歩き出す。わざわざ手作りにする方がよっぽどいいんじゃない、とは言わないでおいた。

鳥井の背中。背の小さい彼の、なで肩な背中。僕はその姿を、しっかりと目に焼きつける。

部屋に戻り、鳥井は荷物を脇に置きながら靴を脱いだ。

「坂木、昼飯は何がいいんだ?」

僕はそれには答えず、ゆっくりと首をふる。

「なんだよ、食欲がねえのか? 飲み過ぎなら茶でもいれるぞ。具合が悪いなら早く上がれよ」

しかし僕は、もう一度ゆっくりと首をふった。鳥井が、怪訝そうな表情になる。僕は、その瞳を正面から見つめながら言った。

「鳥井。僕はもうここへは来ない」

「何、何いってんだよ坂木」

驚きのあまり、鳥井の表情がめまぐるしく変わる。僕は、まだ冷静だろうか。

「もう一度言う。僕はもうここへは来ない。少なくとも、鳥井が僕を迎えに来るまでは」

鳥井の瞳に、見る見るうちに涙が盛り上がった。どうしていいのかわからない両手は、身体の脇で開いたり閉じたりをくり返す。

「どうして、どうしてそんなこと言うんだよ!」

「僕は自分の部屋に帰る。今度は鳥井が僕の部屋に来る番だ」

「坂木の、部屋……?」

「そうだ。鳥井が、一人で、僕を訪ねてくるんだ」

無理なのは承知の上だ。もしかしたら、鳥井を待つ内に僕の方が音を上げてしまうかもしれない。それに第一、これを口に出した時点で、僕は鳥井の信頼を失ったのかもしれない。

「ひとりでいけないの、しってるじゃないか!」

混乱のあまり、子供の鳥井が顔を出す。

「できないなら、会えない。それだけのことだよ」

「どうして、どうしてそんなひどいことというんだよ。おれはさかきに、なんかひどいことしたのかよ……」

くしゃりと顔を歪めて泣き出した鳥井。その頭を撫でてやりたくて出そうとした手を、僕はぐっと握りしめる。

「ひどいのは、僕だ。鳥井は僕を一杯責めていいよ。でも責めながら、悪口を言いながら歩いて来て欲しいんだ。僕は待ってる。

知ってるだろ？　僕のアパートはここからすぐ近くだ。休みの日はずっと家にいるし、夜は七時過ぎなら必ず帰ってる。だから鳥井、僕の部屋に来てくれよ」

「ひとりにしないって、いったじゃないか！」

身体全部を使って、鳥井が叫んでいた。しかし僕は、それに応えることができない。

「うらぎらないって、いったくせに」

「ごめんよ」

「そばにいるって、いったくせに」

「ごめん」

「うそつきやろう」

「そうだね」

「いじわるやろう」
「そうだね」
「おまえなんか」
「なんだい」
「おまえなんか」
「なんなんだい」

「おまえなんか！」

僕は、決して泣かなかった。万感の思いを込めた鳥井の呼びかけにも、目の前で子供のように泣きじゃくる姿にも応えず、ただ、鳥井を見ていた。鳥井の瞳を、見つめていた。

ここ数年で初めて、僕は靴を脱がずに鳥井の部屋から帰ってきた。自分の部屋に戻ると、僕は抜け殻のように玄関に座り込んだ。取り返しのつかないことをしてしまった。そんな後悔の念がぐるぐると渦を巻く。今まで鳥井と過ごしてきた日々が、8ミリ映画のように浮かび上がってくる。それを眺めている内に、まるで鳥井の存在自体が夢だったかのような気持ちになってきた。そう、僕みたいなつまらない人間にあんな友人がいたなんておかしい。これは中学生の僕が見ている、長い長い夢だったんじゃないだろうか。ふと、僕はガンちゃんの小屋を思い出す。どうせ夢なら、あそこに行きたい。

巣田さんや栄三郎さんに会って話をしたいとも思ったけれど、それをするのはルール違反な気がした。だって鳥井は、誰ともこの苦しみを分かち合いはしないだろうから。

とりあえず、何か飲もう。立ち上がると、足もとがふわふわと心もとない。杖をなくすとは、こういうことなのか。ワンルームの小さいキッチンに立ち、僕はやかんを火にかけた。なんだか無性に、甘酒が飲みたかった。けれど僕の部屋には鳥井が嫌うインスタントのコーヒーしかない。その薄っぺらな苦さで舌を焼きながら、僕は初めて涙を流した。

大人になったら、強くなるんだと思ってた。
大人になったら、もう今みたいに泣かないんだと思ってた。
寂しくて、誰かにかまって欲しくて、
一人部屋の中で涙を流すことがあるなんて、もう絶対にないんだと、
そう、思ってた。

終章　動物園の鳥

あれから、僕は一人の生活を送っている。鳥井を突き放してからの僕は、まるで修行僧のように規則正しい日々を過ごすことになった。定時に会社を去り、駅前のスーパーで買い物をし、自分で作った料理を食べる毎日だ。自分で献立を決めたことのない僕には、毎日何を食べるのか、何を作るのかを考えるだけでもいい気晴らしになった。作ることのできるメニューが限られているから、自然と目玉焼きやカレーが中心になるものの、まあ食べられないことはない。自分で料理をしてみると、あらためて鳥井の偉大さがわかったけど。

巣田さんや栄三郎さん、それに利明くんからは頻繁に電話が来るけれど、僕は誰にも会っていない。会社では吉成がいつものように背中をはたいてくれようとしたけど、それも断った。滝本と小宮くんには事情を話しておいたので、そっとしておいてくれている。とはいっても、心配性の小宮くんは鳥井のマンションを巡回コースに入れ、見守ってくれているらしい。

時間が過ぎるほどに僕の中の嵐はおさまり、いつしかとても静かな気持ちになっていた。後悔や悲しみといった感情は姿を消し、ただ鳥井を待ちながら日々を送ることに、心が慣れた。

そんなある日、会社から帰った僕が郵便受けを見ると、そこには一枚のエアメールが入っていた。それはルチャドールの佐藤隆之《さとうたかゆき》さんの息子、マリオくんからだった。ハガキを読んだ僕は、思わず吹き出してしまう。

ツカサ、日本からメキシコにパンダが来たよ。僕はパパとママと三人でパンダを見に行ったんだ。白黒で可愛いね。そういえばパンディータってルチャドールもいたっけ。ところでトリイは元気？　仲良くしてる？　僕は変わらずとんこつラーメンと、それからメープルシロップが好きです。じゃあまたね。

鳥井が見たがっていたパンダは、はるかメキシコに出張中だったのだ。僕は今さらながら、鳥井にパンダ焼きを買ってあげていないことに気がつく。動物園で寒そうに立っていた鳥井。まるで絶滅寸前の美しい生物のような鳥井。僕は、ほんの少し上手に入れられるようになったコーヒーを飲みながら、動物園について思った。

よく、人間社会を動物園にたとえることがある。そこには様々な動物がいて、様々な暮らし方があるからこそのたとえだろうが、僕にとっての動物園は、またちょっと違った形での人間社会だ。

動物園が、動物園たる所以《ゆえん》の一つに檻の存在がある。檻がなければ、そこはただ動物を寄せ集めただけの広場でしかない。そして、檻があるからこそキリンとライオン、ネズミと蛇は一緒に暮らすことができる。檻とは、閉じこめるものであると同時に守るものでもあるのだ。

では、僕たちにとっての檻とはなんだろう。それは考え方の枠ではないだろうか。谷越や松谷さんのように硬直した考えは、自分を自分で開かない檻に入れてしまうようなものだと僕は思う。そこまでではなくても、僕らは普段、まるで動物園に暮らす動物たちのように、それぞれの常識、それぞれの考え方という檻の中に入っている。だから言葉も届きにくいし、顔も見えにくい。でも、そんな僕たちの上を野生の鳥がかすめてゆくことがある。それは、自由と不安を司る存在。どう、たまには飼育係の人と散歩でもしてみたら？　そんな囁きが聞こえてくる。その声に応えて、僕は僕自身を檻の外に出して日射しを浴びさせてやる。それは心のストレッチ。僕の飼育係は僕だけなのだから、きちんと世話をしてやらないといけない。

そしてほんの少しでも外に出た僕らは、顔を合わせることがあるかもしれない。もし、言葉が通じなくてもそれはそれでいい。いつかわかりあえるかもしれないというほのかな思いを抱いて、また僕は自分の檻に帰る。手をのばし続けること。誰かと関わり続けること。それが、それこそが生きているということなのだろうから。

エピローグ

部屋が、その人の性格を表すというならば、僕はきっとひどい性格の人間に違いない。ワンルームのアパートは脱ぎっぱなしの服や雑誌で散らかり、入居以来替えたことのないカーテンは色あせて寂しげにはためいている。

でも、僕は今日初めてティーバッグじゃない紅茶を買った。牛乳も買った。お茶うけのクッキーもあるし、下手なりに掃除もした。僕は、来客を待っているのだ。だからここはもう、僕だけのための部屋じゃない。

無言電話が朝から続いた月曜日、僕は一つの確信を得た。外は小雨で、薄暗い。誰かに顔を見られたくない人間が出歩くには、最高の天気だ。ほど近い春を感じさせる、やわらかな雨を顔に浴びながら僕は窓を閉める。

そして、ノックの音が響いた。

僕らは、大人になる。

文庫版あとがき

まずは、この長い物語におつきあいいただき、ありがとうございました。鳥井と坂木のお話はひとまずの完となります。

このシリーズは、今自分で読み直すと恥ずかしく思うような部分が数多くあります。しかし文庫化に際し、あえて内容に手を入れることはしませんでした。なぜなら当時の私が発していた青臭い熱、それを保ちたかったからです。

世の中は、あいも変わらず悲しい事件や悲惨な現実に満ちています。だから負の感情を抱えたり、攻撃的になるのは驚くほど簡単です。けれど、でも、だからこそ強がりたい。(安易な道になんか流されてやるもんか、というひねくれた考えもありますが)ともあれ私は人を信じたい。そしてできることなら人に信じられたい。そう思っているのです。

最後に、以下の方々に心からの感謝を捧げます。動物園に関して様々なことを教えて下さった田畑直樹さん。それから現役警察官の生の声を聞かせて下さったのは平野卓治さんです。優しくあたたかな解説をお書き下さった畠中恵さん。シーソーは互いの協力があってこそ楽しく遊べるものですよね。解説といえば、大きい方の本には伊藤清彦さんがとても心のこもった文章を寄せて下さっています。もしお時間があったら、そちらも覗いてみてください。今回、装幀の石川絢士さんには無理な注文を聞いていただきました。

新しい担当の神原佳史さんは、レシピ作成の手配のみならず取り寄せ可能な全国銘菓の通販リストまで作って下さいました。そして七瀬ゆきさんの手による実作の結果、おいしく出来た料理だけを載せてありますので皆さんも安心して作ってみて下さい。その他、校正や印刷、営業や販売などでこの本に関わって下さったすべての方たち。個人的なお手紙を下さった方。坂木のような人は、あなたの人生のどこかにきっと隠れています。だからそれまではちょっと強がってみませんか。さらに私の家族と友人。親鳥のような編集者、戸川安宣さん。私の羽を支えてくれるG。そして、今このページを開いてくれているあなたに。

本当にありがとうございました。

坂木　司

追記：作中の動物園には東京都恩賜上野動物園をモデルとして使わせていただきましたが、休園日や動物の配置、職員の役職や周囲の状況などは作品の都合上、創作させていただきました。ちなみにソフトクリームとパンダ焼きは実在しますので、お出かけの際は探してみて下さい。

物語が終わって始まる

畠中　恵

『動物園の鳥』を読んでいると、頭に浮かんでくる歌がある。

一青窈《ひとよう》の『もらい泣き』だ。

あの歌の一節にある、〝やさしいのは誰……〟というフレーズを聞くと、このシリーズに出てくる登場人物達のことが、思い浮かんで来たりするのだ。

『もらい泣き』の歌詞は、己が内に抱えている様々な気持ちを思い起こさせ、胸に迫ってくる。切ないような泣きたいような、感傷的な心をかき立てる。それでいて聞いた後の気持ちの奥底には、何だかほっとするものが残っていたりする。

そんなところが、著者の書く話を読んだ後と、似ているのかもしれない。つまり、情が深いのだ。感情の揺れが大きい。『動物園の鳥』に出てくる登場人物達は、多くがそうであるように思える。

そんな、人の心に強く訴える面を持つ登場人物達は、自身、心の動きが激しい。探偵役の鳥井からして、人との出会いに、大いに心を揺らしてしまう人なのだ。よって彼は、多くの人と会うのを厭う。人一倍強く物事を感じるが故に、出会いがもたらす己の心の揺れを受け止め切れず、世の中との距離を感じてしまっているからだ。

その相棒たる、元同級生の坂木は、振幅の大きい鳥井を助ける役どころだ。彼は学生時代に鳥井を庇えず支えきれず、そのいじめを黙認してしまったのではないかという慚愧《ざんき》の念の故に、鳥井を部屋の外に導く役割を買って出ている。

このシリーズの登場人達の中で、この坂木の存在というものが、大層ユニークで面白いのではないかと思う。何故なら、この坂木という、いわゆるミステリの中のワトスン役は、鳥井と対角を成す人物像を形成していないのだ。

登場人物を書く場合、例えばホームズがエキセントリックな面を見せていれば、ワトスンは落ち着いた、大人の顔を見せるように配置される場合が多い。片方が切れるような思考を見せれば、一方は体力的に勝っているというような具合だ。

それは場面や物語を、多面的に見るということにも繋がってゆくし、話を運びやすくもする。そうして分けていれば、わざわざ今、誰が発言し行動しているかを確認しなくとも、読者は場面を摑みやすくなる。

だが鳥井と坂木の場合、この原則が、適用されない。繊細で、人の発言で必要以上に心を痛めてしまう鳥井の守護役、相棒として配されたのは、坂木という友人だ。しかしこの相棒、一見鳥井を柔らかく受け止める存在でありながら、実は自身が、大変に細かく物事に気がつく、鳥井と似た面を持った人物なのだ。

彼は揺るぎのない大木ではない。風雪を身に染みやすい鳥井と共に寒さ暑さに震える、同類の一人のように思える。そもそもそんな人物だから、鳥井の苦悩を察することが出来、友となっていったのだろう。

この関係が面白い。

そんな似たところを持った坂木故に、彼は鳥井を守りつつも、その存在に引きずられるようにも見える。坂木は己の行動、就職までをも、友との関わりを基準として決めていったのだから。

互いに深く気持ちを揺さぶられ、その揺さぶりから広がる輪の中で、お互いを包み理解し、人と知り合うことによって、物語は進んでゆくのだ。

『動物園の鳥』には、広い意味でのミステリ、謎解きが出てくる。日常の中で起こる種類のもので、警察や探偵などが介入してくる種類の騒ぎでは無い。

よってその話は素人ながらに、物事をきちんと解明できると証明しつつある、鳥井と坂木の元へやって来たりする。日常系の暗くなりすぎない謎解きとして、それは面白いものだ。

しかしこの物語では、その謎解きにおいても、何が、何故、いつ起こったかということよりも、その経過の内に見えてくる登場人物達の感情の揺れや、人物関係の中に、大きな醍醐味があるように思われる。

事を解明するとき、他の人は、主人公達の思うようにばかりは、動いてくれない。そんな中で、誰がどう思うか、感じるか、怒るか、涙するか。あぶり出されてくる人間関係に、目を吸い付けられるのだ。

昨今、ニートという言葉が、流行《はや》りであるかのように多く使われている。その少し前には、引きこもりという語が、ニュースなどで数多《あまた》顔を出していた。今は人との対峙が苦痛な人間が増えているらしい。他人との関わりに臆し、また恐怖の感情を抱くという人は、多いのだ。

近頃ではそれだけでなく、他人を見下すという者も数を増してきているという。理由は確たるものでは無く、それは人を己より下だと見下すことによって、己の価値を上げたいという気持ちの表れだと分析する人もいる。

まるでシーソーのように見える。片方が下がれば、己の側が上がる。心の底で、それを期待しているのだ。

そうなれば、自分を肯定出来る。面倒な努力や不安と向き合わなくとも、今の己、そのままの形でいればいい。時代そのものが持っているかのような、不安やいらだちと向き合わずに済む。だから理由が無くとも、相手のシーソーを下ろしたい。

何故なら、不安感を抱え続けるのはつらいから。

そんな人達が増えている中、この物語の中では、決して強いばかりでない気持ちの持ち主である鳥井と坂木には、不思議とこういった負の感情は見えていない。不安感が忍び寄って来ない。

相談されたり、偶然関わってしまった事に対処するとき、二人につらく感じることもあるだろう。だが、萎え、折れてしまいそうには見えない。二人でいると、結構強いのだ。

それは一つには、物語に登場する鍋焼きうどんやポトフから上がる、柔らかで美味しそうな湯気で、弱められ消されているのかもしれない。

いや、シリーズも三巻目となり、広がってきた知り合い、友達の輪の内にあって、鳥井の引きこもり加減が、実質上、大いに薄くなってきたこととも、関係があるかと思う。

『青空の卵』から始まる三部作の主人公鳥井は、〝ひきこもり探偵〟と称されている。

勿論始めは、天下御免の引きこもり。そしてシリーズが進んで行っても、鳥井が会社へ勤め始めた訳では無く、坂木を必要とする度合が減った訳でもない。相も変わらず、人間関係は苦痛を運ぶことも多い。

しかし。気がつけば坂木達は多くの仲間に囲まれているのだった。

鳥井の柚茶や鍋焼きうどん、ジャガイモ料理を楽しみにしてくれる、気心の知れた知り合いが増えている。特に年齢の大きく違う、年配の友人が出来、また親しい友の輪が広がっていくところなど、閉塞気味な今の世の中では、羨ましいと思われるような状態かも知れない。

我が儘を言っても、いちいち離れていくことを心配しないでもよい友達。年配で、人生のことを聞け、話せる友達。たまに会うのに、久しぶりだという気遣いの要らない友。気兼ねなく、家に招き、招かれることの出来る付き合い。彼らは減ることはなく、鳥井と坂木の回りに、その数を増やしてゆく。

こういうしみじみ良いと思われる人の輪が、このシリーズの大きな魅力となっている気がする。話が進んで行くに連れ、友の輪は人付き合いに安定感と安心感をもたらしてゆく。

それは坂木に、鳥井に対し、今まで特別だった己の存在感への心細さを、一瞬でも思わせる程のものだ。願って待っていたことであろうに、今の関係の変化をもたらすものでもある。先々、どうなるのかと、つい心配になる。

それはシリーズ全体にも言えることであった。登場する友達は、簡単にはどこかへ消えたりはしない。それは登場人物と親しくなった読み手としては、嬉しい話だ。

だがどこまでも人数が増えたら、皆を登場させるのが大変だろうと、妙な心配をしたりする。読み手にそんな気遣いをさせる柔らかな雰囲気が、この物語にはある。

私は引きこもりでは無いが、日々せっせと働く中、なかなか水の波紋が広がるように、友達の関係が広がるとはいかない。昨今はＰＣで、顔を知らない友を数多作る機会もある。だが鳥井達の関係は、それより人数は少ないかもしれないが、ぐっと濃密なもののように思える。

読者は、このシリーズを読んで楽しむだけでなく、登場人物達が作る、あの優しい関係の仲間となるのが、心地よいのではないか。坂木と、同名の作者は、鳥井に対してだけでなく、日だまりのような場を差し出してくれたのだと思う。

シリーズは一旦終わっている。だが、物語は終わったところで、先に向かって踏み出している。始まっているのだ。

それ故に、また出会うこともあるかと、期待してしまう。そうなったなら、嬉しいものだと思う。

シークレットトラック

白い日

三月の半ば、僕は再び鳥井の家にいた。「もうここには来ない」などと言っておきながら、その舌の根も乾かぬ内に僕はなにをやっているのだろうか。

あの日、僕は鳥井を一人で歩かせるため「鳥井が僕の部屋に来るまでは会わない」と突き放した。鳥井は何日も落ち込み、悩んだ末、ふらふらになって僕の部屋へとやってきた。正直、ドアを開けた瞬間、そこにホームレスが立っているのかと思ったほどだ。くしゃくしゃの頭に、ちぐはぐな組み合わせの服。緊張のためか顔色は悪く、手は傘の柄を強く握りすぎて血の気がなくなっていた。たかが数分、ここへ歩いてくることが、鳥井にとってどれほど大変なことだったかがよくわかる。

「鳥井、よく来たね」

僕は感動しながらも、自分にできる最大限のもてなしをしようと鳥井を部屋に招き入れた。しかし鳥井は、僕の入れたミルクティーを飲むやいなや立ち上がった。

「ど、どうしたんだい」

鳥井はマグカップの前にあるクッキーを、紙で無造作に包む。そして壁際にかけてある僕のコートを取り、差し出した。

「行くぞ」

「行くって、どこへ」

「俺の部屋に決まってんだろうが」

うろたえる僕を尻目に、鳥井はさっさと身支度を整える。先刻までの張りつめた雰囲気が嘘のようだ。

「あ、そうそう。紅茶の葉を持っていくのも忘れるなよ」

僕は鳥井の言うがまま、紅茶の缶を袋に入れて家を出た。そぼ降る雨の中、鳥井は僕を何度もふり返りながら歩く。もう大丈夫だよ。どこにもいかないよ。そう言ってあげたくなるような顔をしていた。僕はほんの少し足を速め、鳥井の隣に並ぶ。久しぶりに鳥井と二人で歩く街は、優しい雨のせいだろうか、やはり風景が違って見えた。


「ていうか、俺はこいつの舌を疑ったね」

紅茶のポットを持ってきた鳥井は、皆に向かって僕の失敗を滔々《とうとう》と語る。今日はホワイトデーということで、巣田さんと安藤《あんどう》さん、それに栄三郎さんと塚田くんが遊びに来ている。

「この紅茶を坂木はミルクティーにして出した。ご丁寧に、牛乳を温めてな」

華奢なカップに口をつけた安藤さんは、その綺麗な赤いお茶を飲んで苦笑を浮かべた。その隣では、塚田くんがなるほどというようにうなずいている。

「これ、ダージリンでしょう、坂木さん。しかも、かなりいいものだ」

「そう。最高級のダージリン、紅茶のシャンパンと言われる茶葉をぐらぐらに煮立てた牛乳で割られてみろ」

「だって、鳥井はミルクティーが好きだったからさ、僕はよかれと思って」

「でも、まずかったのね」

小さくなる僕に、巣田さんがとどめを刺した。あの日、鳥井は自分の部屋に帰るなりこう言ったのだ。「まずい」と。

「坂木さんは、紅茶の種類には疎かったんだろう。俺だって、緑茶以外はとんとわからんもの。みんなカタカナだし、どれもそう変わらんって気になるし」

助け船を出すように、栄三郎さんが笑う。そのとき、キッチンの奥からなにやら音がした。どうやら、オーブンのタイマーが切れたらしい。見に行った鳥井が、僕を呼んでいる。

案の定、そこには湯気を立てる五つの小さな釜があった。滝本のツーリング土産である、ずっしりと重いそれを僕は慎重にテーブルへと運ぶ。

「今日はパンプディングだ。これをかけて食え」

鳥井は黄金色の液体が入った瓶を、テーブルの中央に置いた。卵の黄色も鮮やかなプディングの上に、そのとろりとした液体はよく映える。

「あ、これメープルシロップね」

巣田さんが嬉しそうな声を上げた。これは現在カナダに住んでいる鳥井の父、誠一氏からのお土産だ。

「たくさんかけても、甘すぎない上にこくがあっておいしいです」

安藤さんは、心底幸せそうにプディングを口に運んでいる。そうしていると、彼女は本当に普通の女の子だ。

「あ、しかも中にレーズンが入ってる。これもおいしいな。普通のレーズンみたいに小さくないし、なんだかしっとりしてる」

塚田くんは、目が不自由な分だけ他の感覚が鋭敏だ。実はこのレーズン、利明くんのお母さんからいただいたもので、完全無農薬、天日干しのふっくらとした逸品である。

「いやしかし、女の子のための日におれなんかがいていいのかねえ」

食べながら栄三郎さんが頭をかいていた。すると巣田さんがきっぱりと言う。

「いいんですよ。ところでノイハウスのトリュフチョコ、召し上がっていただけましたか？」

「えっ？　トリュフチョコ？」

僕は思わず声を上げてしまった。確か巣田さんは、僕ら二人にはロイズの生チョコだった。味は当然おいしかった。けれど、栄三郎さん一人にベルギー王室御用達のチョコレート……。僕はなんだか、複雑な心境になってしまった。義理チョコの上限はどこなのだろう、などと考えていると、インターフォンが鳴る。そして続く激しいノックの音。

「おーい、なんだか楽しそうなことやってるじゃねえか。俺にも食わせろよ」

「先輩、職務中の上にご迷惑ですよ。おいとましましょう」

相変わらず豪快な滝本の後ろで、小宮くんがおろおろと巡回連絡帳を胸に抱えている。鳥井はそんな二人に向かって、小さな包みを投げた。

「なんだ、これ」

器用に片手でキャッチした滝本は、匂いを嗅いでにんまりと笑う。

「パンプディングの残りのパンを、ラスクにしたものだ。夜食にでも食えよ」

「悪いな、催促したみたいで」

「みたい、じゃなくてしたろうが」

「いやいや」

「いやいやじゃねえ」

「はいはい」

器用な掛け合い漫才をする滝本と鳥井を、小宮くんが引き留めた。

「先輩、そろそろ戻らなくちゃいけません」

その言葉に、滝本は渋々ドアを開ける。冷たい風がどっと流れ込み、僕と鳥井はびくりと身体をすくめた。

「だって今日は、三月とは思えないくらい寒いんだぜ。ちょっとくらい休憩したって……あ！」

「どうした」

滝本は、黙ってドアの外を指さしていた。そこには、春の雪が風に舞っている。

「雪だ」

「雪だよ」

鳥井と僕の声につられて、皆が席を立った。

「これが本当のホワイト・デーだな」

「ホワイト・クリスマスっていうのは聞いたことありますけど」

なんにせよ、自転車が滑らない内に帰ります。そう言って小宮くんは僕に敬礼をしてくれた。

「じゃあ、またね」

「おう、またな」

手を上げる滝本に、鳥井はぼそりと「寺田によろしく言っといてくれ」と告げる。滝本は一瞬絶句したかと思うと、わざとらしい笑い声を上げながら部屋を後にした。その後、窓際で雪を眺めていた栄三郎さんによると、滝本の自転車は微妙に蛇行しながら走り去ったということだ。

蛇行しながら、足を取られそうになりながらもなんとか進む自転車。それは鳥井や僕自身の姿だ。倒れそうになったときには、誰かが手を貸してくれた。きっと、これからもそれは変わらないだろう。相変わらず鳥井は外出嫌いで、僕はお人好しのままだけど。


それでも僕らはテーブルを囲んでいる。

暖かな湯気を共有する人たちがいる。


春は、すぐそこまで来ているのだ。

本書は二〇〇四年、小社より刊行された作品の文庫版です。

特別付録　鳥井家の食卓

シリーズに登場する料理を厳選してレシピとして紹介します。ご自宅で作りやすい料理をチョイス致しました。レシピは鳥井と坂木の食卓をイメージして、すべて2人前の分量で作成しています。人数に応じてご調整ください。オーブンの焼き時間等はあくまでも目安になります。「全国銘菓お取り寄せリスト」と合わせてお楽しみください。

●茄子の煮びたし（青空の卵「夏の終わりの三重奏」より）

材料

茄子　3個
だし汁　2カップ
醬油　大さじ2
みりん　大さじ1
サラダ油　適量
おろし生姜　適量

①茄子はへたを取って縦半分に切り、皮の表面に細かく切れ目を入れる。水にしばらくつけてアクを抜く。
②鍋にたっぷりの油を熱し、水気をふいた茄子を素揚げする。
③だし汁、醬油、みりんを煮立て、②の茄子を熱いうちに加える。ひと煮立ちしたら火を止めてしばらく置き、味をふくませる。
④煮汁ごと器に盛り、おろし生姜を添える。冷たくして食べてもおいしい。

●カレー（青空の卵「秋の足音」より）

材料
鶏もも肉　1枚
玉ねぎ（みじん切り）　1個分
トマト　2個
生姜　1片
にんにく　1片
スープ　1カップ
カレー粉　大さじ3
ガラムマサラ　適量
サラダ油　大さじ2
バター　20g
塩　適量
★ターメリックライス
米　1.5合
ターメリック　小さじ1
バター　10g
水　適量

①鶏もも肉は余分な脂を取り除いて一口大に切り、塩をもみこんでおく。
②生姜、にんにくはみじん切り。トマトは湯むきしてざく切りにする。
③サラダ油で生姜、にんにくを炒め、香りが出たら鶏もも肉と玉ねぎを加える。鶏肉の表面に火が通ったら、カレー粉、バターを加え、さらに5分ほど炒める。
④③にスープとトマトを加え、弱火で約30分煮る。鶏肉が柔らかくなったら塩、ガラムマサラで味をととのえ、中火で10分ほど煮詰める。
⑤ターメリックライスを作る。お米をとぎ、水、ターメリック、バターを加えて炊飯器で炊く。
⑥ターメリックライスを器に盛り、カレーをかける。

●雑煮（青空の卵「冬の贈りもの」より）

材料

鶏もも肉　1/2 枚

小松菜　1/2 束

角餅　2 個

だし汁　3 カップ

酒　大さじ 3

醤油　適量

塩　適量

柚子の皮　適量

①鶏もも肉は一口大にそぎ切りし、塩をもみこんで 5 分ほど置く。だし汁 1 カップと酒大さじ 2 を煮立て、鶏肉を蒸し茹でにする。
②小松菜は下茹でして一口大に切る。角餅はこんがりと焼く。柚子の皮は細切りにする。
③だし汁 2 カップを煮立て、酒大さじ 1、醤油、塩で調味する。お椀に餅と具材を盛り込み、熱いだしを注ぎ、柚子の皮をのせる。

●ハンバーガー（青空の卵「春の子供」より）

材料

牛挽き肉　150 g

塩　小さじ 1/3

黒胡椒　適量

サラダ油　大さじ 1

ハンバーガー用バンズ　2 個

バター　適量

レタス　適量

ピクルス　適量

ケチャップ　適量

粒マスタード　適量

①バンズは半分にスライスし、バターを塗ってトーストする。
②牛挽き肉に塩、黒胡椒を加えて粘りが出るまでよく練り、２等分して薄い円形に丸める。
③フライパンにサラダ油を熱し、②の両面をこんがりと焼く。
④バンズにハンバーグをのせてケチャップと粒マスタードを塗り、レタス、ピクルスをのせて挟む。

●甘酒（青空の卵「春の子供」より）

材料
酒粕　80ｇ
お湯　500 cc
砂糖　大さじ3
生姜の搾り汁　大さじ1

①酒粕を細かくちぎり、お湯に浸してやわらかくする。
②よく混ぜて酒粕を溶かし、砂糖を加えて弱火でとろりとするまで煮る。火を止める直前に生姜の搾り汁を加える。

●中華粥（仔羊の巣「野性のチェシャ・キャット」より）

材料
米　1/2カップ
干し貝柱　2個
ごま油　小さじ1
水　1ℓ
塩　適量
油条　適量
あさつき（小口切り）　適量

①米は水で2～3回洗ってざるにあげ、ごま油をまぶす。干し貝柱は水（分量外）で戻し、細かく裂く。戻し汁はとっておく。
②鍋に水を入れて強火にかけ、沸騰したら米と貝柱を戻し汁ごと加える。米が鍋の底に沈まないよう、絶えず混ぜる。
③再び煮立ったらアクを取り、ふきこぼれない程度に火を弱める。米が鍋の中で絶えず踊っている状態になるよう火加減を調節して、1～2時間炊く。途中水分が少なくなったら水を足す。
④米が割れてポタージュ状になったら、塩で薄く味をつける。
⑤薬味として、軽く焼いて一口大に切った油条、あさつきを添えて出来上がり。

●ハヤシライス（仔羊の巣「銀河鉄道を待ちながら」より）

材料
牛肉（薄切り）　150g
玉ねぎ　1個
トマト　小1個
赤ワイン　1/4カップ
ブイヨン　1/2カップ
ドミグラスソース　1/2缶（150g）
ウスターソース　小さじ1
ごはん　茶碗2杯分
サラダ油　大さじ1
バター　大さじ1
塩　適量
胡椒　適量

①牛肉に塩、胡椒で軽く下味をつける。玉ねぎは薄切り、トマトは皮を湯むきしてみじん切りにする。
②鍋にサラダ油を熱し、牛肉を焦げ目がつくまで強火でさっと炒め、取り出す。
③②の鍋にバターを足し、玉ねぎをじっくり炒める。茶色く色づいたら牛肉、

トマト、赤ワインを加え、アルコールがとぶまで炒める。
④ブイヨンとドミグラスソースを加え、アクを取りながら弱火で1時間ほど煮込む。
⑤仕上げにウスターソースで味をととのえ、ごはんと共に器に盛る。

●ブタしゃぶ（仔羊の巣「カキの中のサンタクロース」より）

材料

豚ロース肉（しゃぶしゃぶ用） 200 g
豆腐 1/2 丁
白菜 1/4 個
長ねぎ 1本
椎茸 4枚
水菜 1株
昆布 10 cm
水 5カップ
酒 1/2 カップ
ポン酢 適量

①鍋に水と昆布を入れ、数時間置く。
②白菜、長ねぎ、水菜はざく切りにし、豆腐は一口大に切る。椎茸は石づきを取る。
③①の鍋に酒を加えて火にかけ、沸騰する直前に昆布を引き上げる。煮立ったら豚肉と野菜、豆腐を入れて、ポン酢で食べる。

●牡蠣グラタン（仔羊の巣「カキの中のサンタクロース」より）

材料

殻つき牡蠣 10 個
バター 50 g
白ワイン 大さじ1

ほうれん草　1/3 束
小麦粉　大さじ 2
牛乳　1 カップ
ピザ用チーズ　1/2 カップ
パン粉　1/4 カップ
パセリ（みじん切り）　大さじ 1
パプリカ（パウダー）　適量
塩　適量
胡椒　適量

①牡蠣は殻をたわし等でよく洗う。殻の隙間にナイフを差し入れて開き、牡蠣の身を取り出し、塩水で丁寧に洗う。殻はとっておく。
②フライパンにバター 10 g を熱して牡蠣を炒める。表面に火が通ったら白ワインを加えて風味づけをして、牡蠣を取り出す。
③ほうれん草は茹でて一口大に切る。
④ホワイトソースを作る。鍋にバター 40 g を熱し、溶けたら小麦粉をふり入れ、粉っぽさが無くなるまで弱火でよく炒める。一旦火を止めて半量の牛乳を少しずつ加えてよく混ぜ、なめらかになったら残りを加える。弱火にかけて、混ぜながらとろみがつくまで煮詰めたら、塩、胡椒で味をととのえる。
⑤殻に牡蠣を 1 個ずつ入れ、ほうれん草とホワイトソースをのせる。ピザ用チーズとパン粉、パセリ、パプリカをふって 250 度Cのオーブンで約 10 分焼く。

●黒七味のペペロンチーノ（動物園の鳥より）

材料
スパゲッティ（1.5mm）　200 g
にんにく　1 片
赤唐辛子　1/2 本
オリーブオイル　大さじ 2
黒七味　適量
塩　適量

①にんにくはみじん切りにし、赤唐辛子は種を取り除いておく。
②フライパンにオリーブオイルと①を入れて弱火にかけ、こがさないようじっくり炒めて香りを引き出す。
③たっぷりの塩を加えた熱湯でスパゲッティをアルデンテに茹でる。
④にんにくが薄く色づいたらスパゲッティの茹で汁をお玉1杯分加え、軽く煮立ったら火を止める。
⑤④のフライパンに茹で上げたスパゲッティを加えて手早く混ぜ合わせる。塩味が足らなければさらに茹で汁を加えて調節し、仕上げに黒七味をふる。

●梅酒が隠し味のドレッシングのサラダ（動物園の鳥より）

材料
水菜　1/2株
プチトマト　6個
蓮根　5cm
サラダ油　適量
★ドレッシング
梅酒　大さじ1
醬油　大さじ2
オリーブオイル　大さじ1
酢　大さじ1
レモン汁　大さじ1

①水菜は一口大に切り、プチトマトはへたを取って半分に切る。
②蓮根は皮をむいて薄切りにし、サラダ油でカリッと素揚げする。
③ドレッシングの材料をよく混ぜ合わせる。
④器に水菜とトマト、蓮根を盛り、ドレッシングをかける。

●ポテトパンケーキ（動物園の鳥より）

材料

じゃがいも　2個

薄力粉　大さじ4

卵　1個

牛乳　100 cc

バター　20 g

塩　適量

胡椒　適量

①じゃがいもは皮つきのまま茹で、皮をむいて熱いうちにフォークで粗くつぶす。

②ボールに①、薄力粉、卵、牛乳を加えてよく混ぜ合わせ、塩、胡椒で味を調える。

③フライパンにバターを熱し、生地を丸く広げる。

④表面にふつふつと穴が空いてきたら裏返し、両面をカリッと焼き上げる。

●じゃがいものピュレ（動物園の鳥より）

材料

じゃがいも　3個

バター　30 g

生クリーム　大さじ2

牛乳　大さじ2

おろしにんにく　小さじ1

塩　適量

①じゃがいもは皮つきのまま柔らかくなるまで茹で、皮をむいて熱いうちに裏ごしする。

②①にバター、生クリーム、牛乳、おろしにんにくを加え、なめらかなペース

ト状になるまでよく混ぜる。水分が足りなければ牛乳（分量外）を少しずつ足す。
③塩で味をととのえる。

●ラスク（動物園の鳥より）

材料

フランスパン　1/2本
バター　50g
グラニュー糖　大さじ3

①フランスパンは薄くスライスし、150度Cのオーブンで10分焼く。
②鍋にバターとグラニュー糖大さじ2を入れて弱火にかけ、煮溶かす。
③①のパンに②をたっぷり塗り、グラニュー糖大さじ1を表面にまんべんなくふり、再度150度Cのオーブンで15～20分焼く。

（レシピ作成：七瀬ゆき）

鳥井家の食卓　全国銘菓お取り寄せリスト

ひきこもり探偵シリーズには、数多くのお菓子も登場しますが、ここでは取り寄せの可能な全国銘菓をご紹介します。連絡先のデータは2006年10月末のものです。

●トラピストクッキー（北海道・北斗市）

TEL 0138-75-2108　FAX 0138-75-2370　灯台の聖母 トラピスト修道院製酪工場

●六花亭板チョコレート（北海道・帯広市）

http://www.rokkatei.co.jp/　☎0120-012-666　六花亭製菓㈱

●かもめの玉子（岩手・大船渡市）

http://www.saitoseika.co.jp/　☎0120-311-005　さいとう製菓㈱

●夜のお菓子うなぎパイミニ（静岡・浜松市）

http://www.shunkado.co.jp/　TEL 0120-210-481　㈲春華堂

●あきた銘菓さなづら（秋田・秋田市）

http://www.eitaro.net/　TEL 018-863-6133　㈱菓子舗栄太楼

●厄よけ仏足飴（神奈川・鎌倉市）

http://dagasiya.afz.jp/　TEL 0467-22-6499　FAX 0467-23-5468　駄菓子や長谷店

●ロイズ生チョコレート（北海道・札幌市）

http://www.e-royce.com/　TEL 011-778-2222　㈱ロイズコンフェクト

●江ノ電サブレ（神奈川・藤沢市）

http://www.maiami.com/　☎0120-75-7733　マイアミ製菓㈲

●甲山想い出小石（兵庫・西宮市）（季節商品のため要確認）

http://www.tsumagari.co.jp/　☎0120-221-071　ケーキハウスツマガリ

検　印
廃　止

著者紹介　1969年東京生まれ。2002年覆面作家として『青空の卵』を刊行し衝撃のデビューをかざる。以後『仔羊の巣』『動物園の鳥』を上梓する。他にクリーニング店を舞台とした『切れない糸』がある。最新刊は，歯医者さんを舞台としたミステリ『シンデレラ・ティース』。

動物園の鳥

2006年10月13日　初版
2007年3月16日　6版

著者　坂《さか》木《き》　司《つかさ》

発行所　（株）東京創元社
代表者　長谷川晋一

162-0814/東京都新宿区新小川町1-5
電話　03・3268・8231-営業部
03・3268・8204-編集部
URL　http://www.tsogen.co.jp
振替　00160—9—1565
モリモト印刷・本間製本

乱丁・落丁本は，ご面倒ですが小社までご送付ください。送料小社負担にてお取替えいたします。

ISBN 978 4-488-45703-7　C0193